GRAN
ANGULAR

León Kamikaze

ÁLVARO GARCÍA HERNÁNDEZ

sm

PREMIO
GRAN
ANGULAR
2016

fundación sm

La Fundación SM destina los beneficios de las empresas SM a programas culturales y educativos, con especial atención a los colectivos más desfavorecidos.

Si quieres saber más sobre los programas de la Fundación SM, entra en
www.fundacion-sm.org

LITERATURA**SM**•COM

Primera edición: abril de 2016
Tercera edición: mayo de 2018

Gerencia editorial: Gabriel Brandariz
Coordinación editorial: Patrycja Jurkowska
Coordinación gráfica: Lara Peces
Cubierta: Boa Mistura

Impresores, 2
Parque Empresarial Prado del Espino
28660 Boadilla del Monte (Madrid)
www.grupo-sm.com

ATENCIÓN AL CLIENTE
Tel.: 902 121 323 / 912 080 403
e-mail: clientes@grupo-sm.com

ISBN: 978-84-9107-454-0
Depósito legal: M-4010-2018
Impreso en la UE / *Printed in EU*

A los héroes.

#PARTE1

1

#SeJubila
#DomadorDeLeones

–Todos me tienen miedo.

–¿Qué hiciste esta vez? ¿Por qué te quitaron de esta familia ahora?

–Les tiré la sopa por el balcón. No dejaba de quemar. Me estaban volviendo loco. Dijeron que les asustaba mi violencia, que pensaban que no iba a encajar en su familia.

–¿Y tú también lo crees?

–Yo creo que me tenían miedo. No dejaban de sonreírme, pero no decían lo que pensaban. Simplemente eso. Eran unos mentirosos. Me aceptaron porque necesitan tener más puntos para adoptar algún bebé. El trabajador social que me los recomendó se equivocó. Otra vez. Y sé lo que está pensando ahora.

–No hace falta que me mires así, León, y no te pongas chulo. Te envié con ellos porque eran los únicos que aceptaron quedarse contigo, no había más, los has agotado. ¿Entiendes? Ya no queda ninguna familia que quiera hacerse cargo de ti. Ah, y lo que pienso es que eres un desgraciado que se hace el chulo. Aunque me puedo equivocar: solo soy un trabajador social.

–Yo soy mil veces más listo que usted, eso es lo que siempre le ha dado rabia, por eso me tiene tanta manía, porque usted soñaba con ser alguien y se ha quedado en un simple funcionario de Servicios Sociales que no puede pagar la hipoteca. Y yo le recuerdo todo lo que usted quiso ser.

–Y tú qué sabrás. No eres nadie, León. Solo eres un niñato estúpido que ha tirado un plato de espaguetis por la ventana.

–Sopa. Era sopa de fideos.

–Sí, eso.

–¡Que eran fideos! ¡Y se los tiré a esos cínicos porque me hacían comerme la sopa hirviendo y sonreír!

—¡Me da igual! ¡Me da igual si eran macarrones o fideos! ¡Me dan igual tus historias, León! Te conozco desde hace diez años y estoy harto de que no me hagas caso, de tus excusas, de tus discursos, de tus mentiras, de tu actitud de «me da igual» con la que te crees que impresionas a alguien...

—Entonces, si está tan harto, ¿qué hace aquí? ¿Por qué ha venido a verme?

—He venido a verte porque me voy, te dejo, me jubilo. Me iba a esperar un par de años, pero ya no aguanto más, me rindo. ¿Lo entiendes, León? Se acabó. Ya está. Ya no tendré que pedirle disculpas a ningún profesor al que hayas agredido. Ni acompañarte a los juzgados para que el juez me diga que hago mal mi trabajo porque te has metido en otra pelea. O porque te han tirado por las escaleras. O porque te han abierto la cabeza. Se acabó. Me sé tus cicatrices de memoria. Después de diez años contigo, diez años curándote y pidiéndote que dejes de pelear, tú nunca me has hecho caso. ¡Jamás me has hecho caso! Pues me rindo. ¿Lo entiendes, León? Ahora puedes hacer lo que te venga en gana, como si quieres pegarte con el mundo entero. ¿Lo has entendido? Ya no eres mi responsabilidad. Pronto serás mayor de edad. Me podía haber jubilado entonces, pero ya no aguanto más. Aunque me cueste dinero. Adiós, León. Espero que te vaya bien, aunque ambos sabemos que no va a ser así.

#YLeónDecidióCallarse
#ParaSiempre
#PorSegundaVezEnSuVida

2

#AlmaDeLola

Es martes, uno de esos martes en los que llueve cada vez que sales a la calle. Ahora llueve más. Lola se quita los zapatos nuevos, baja descalza del autobús y cruza el paso de cebra con su camisa blanca y su falda gris de colegiala mientras el semáforo verde parpadea. Algo empapada, mala suerte, sube las escaleras del instituto para colarse por las puertas atestadas de adolescentes uniformados que matan el tiempo viendo llover.

–Déjame entrar, Alma. Hazme un hueco, que me mojo.

–Tía, ¿qué haces descalza?

–Hoy he soñado que me moría. Es que son nuevos.

–Ah, ¿y qué llevabas puesto?

–Nada, me moría solamente.

–¿Desnuda?

–Que no, Almi, que me moría y no me fijaba en la ropa.

–Pues qué muerte más triste, ¿no? Yo he encontrado un tío que me hace un *book* de modelo gratis. Me ha dicho que vaya a su casa al salir de clase.

–Qué guay, qué suerte, yo me harté de buscar por los foros. Solo encontraba guarros.

–Ya, tía, qué asco. Este no. Este, al principio, me agregó y me dijo que era una tía, pero luego, cuando le dije que sí que iba a su casa, ya cambió y me dijo que era broma, que en realidad era un tío. Eso mola, que no te mientan, no sé, me da confianza. Ya te contaré, es que me he dejado el móvil en casa porque se me cayó al váter, pero mi padre me ha dicho que me compraba otro esta tarde. Luego, esta noche, cuando vuelva, te cuento. ¡Me voy a clase!

#DinosaurioCuadrado

Sigue lloviendo. El instituto es un edificio clásico, enorme, como un dinosaurio cuadrado situado en el centro noble de la ciudad. Como dinosaurio es precioso. Pero es martes y sigue lloviendo.

–¡Un poco de respeto, por favor! ¡Solamente les estoy pidiendo un poco de respeto! ¡Respeten su educación! ¡Respétense a sí mismos! ¡Respeten a Rousseau! Todos sabemos que no me escuchan, que ni siquiera me quieren entender. Ustedes son unos necios, cada generación que pasa es más estúpida, pero a ustedes eso les da igual. Viven pegados a sus celulares, viven obsesionados con hacerse fotos. ¡NO TIENEN NADA DENTRO! ¡De verdad! ¡En mi país ustedes ya habrían sido lanzados al mar en un avión simplemente por vagos! ¿Sí, quién es? Ah, Lola, es usted. Adelante, adelante, ¿por qué llegó tarde? No, por favor, lo pregunté como una simple cortesía, no se moleste en buscar una excusa. ¿Cómo que no *tenés* sitio? ¿Dónde está su pupitre? ¿Que lo ocupó quién? ¿Quién es usted... joven? ¿Quién demonios se sienta en un pupitre ajeno y se calla? Miren, ¿ven?, el final de la decadencia generacional educativa: el último alumno que me mandan es mudo. ¡Mudo, señores, mudo! ¿¡Y CÓMO DISERTO YO SOBRE ROUSSEAU CON UN MUDO!? ¿Cómo dicen? ¿Que dejaron su informe en mi mesa antes de que yo entrara? ¿Quién lo dejó? Ah, don Benavides, ¿quién si no? Veamos, veamos cómo se llama mi nuevo alumno mudo... ¿Y usted, Lola? Acomódese, vaya a... qué importa, siéntese aquí, en mi escritorio, ya habrá tiempo de proporcionarle uno más acorde a su talento. ¡LEÓN! ¡Así se llama nuestro nuevo discente! ¡LEÓN EL MUDO, LE LLAMAREMOS!

3

#Matías&Violeta

–Hay veces en que la vida te toca y se marcha, como si te hubiera robado un beso, y te deja con esa sensación de amor recién hecho. Otras, sin embargo, nos quedamos como muertos tras la noticia, como si la muerte nos hubiera mirado directamente a los ojos.

–¿A quién le dices eso?

–Lo han contado esta mañana en la radio.

–Eso es mentira, ya nadie escucha la radio.

–Yo sí. Lo hago para el concurso.

–No te llamarán nunca.

–Te equivocas.

Están en un piso amplio, cercano al centro, de aire modernista pero con unas horribles ventanas baratas de aluminio gris, como un actor guapo con gafas feas. Quizás parezcan uno de esos matrimonios que no trabajan y hacen cosas excéntricas a las diez de la mañana.

–Tampoco nadie hace crucigramas y ahí estás tú, sentada en el sofá a las... ¿qué hora es?

–Las diez de la mañana, con muchas letras. ¿Y qué? Tú estás oyendo la radio y yo no te digo nada.

Hay un silencio porque los bomberos... se acercan y luego... se alejan y entonces... no pueden hablar por culpa de esas horribles ventanas que nunca se quedan cerradas del todo.

–Violeta.

–¿Qué?

–¿Qué pensará nuestro hijo de nosotros?

–¿Liberto?

–Sí, claro, no tenemos otro hijo.

–No seas sarcástico, Matías, *sabés* que lo odio.

#Sarcasmo
#Ironía
#CasualidadesDeLaVida

Otro silencio... Pasa una ambulancia.

–¿Por qué lo dices? ¿Porque no salimos de casa? ¿Por lo de tu concurso? ¿O por lo demás?

–Por todo, Violeta, por todo. A veces pienso que el resto de padres lo hacen todo bien y nosotros todo mal, a veces hasta pienso que nuestro propio hijo se avergüenza de nosotros.

–Te entiendo, Matías. Te refieres al día en que se nos olvidó decirle que nos íbamos a hacer nudistas y vegetarianos.

–Sí, por ejemplo.

–Es cierto, Matías, qué disgusto cogió con las berenjenas...

–Hagamos algo, Violeta. Salgamos a la calle, vayamos a buscarlo al instituto y sorprendámoslo con una licencia de caza mayor o... yo qué sé... con un hijo. ¡Hagámosle un hermano, Violeta!

–Sinceramente, Matías, me da mucha pereza ponerme a dar a luz de nuevo ahora. Prefiero que lo hagas tú, mi vida. Y... ¿por qué no vamos al instituto y le confesamos a la muchacha esa a la que tanto ama que él está loco por ella, que cualquier día va a hacer una locura?

–¿A qué muchacha? ¿Enamorado? ¿Liberto, mi hijo, enamorado? ¿Y por qué yo no sé nada?

–Matías, no exageres, por favor. A todas luces eres conocedor de que Liberto tiene la habitación llena de fotos de esa chica... ¿cómo se llama? Ah, sí, Alma. Qué nombre más lindo, ¿no crees?

–Sí, no lo dudo. Lo que me extraña es ese acento argentino que te ha venido ahora, así como sin quererlo.

–Ya ves, yo también me he sorprendido. Pero eso no importa ahora, Matías, supongo que será por la emoción. Tú hijo está enamorado de una preciosa muchacha que se llama Alma y, al mismo tiempo, está profundamente avergonzado de nosotros dos. Más de ti que de mí, me lo ha confesado.

–Ah, lo entiendo, tal vez yo debería poner acento argentino también.

–No lo hagas, no te quedaría bien, créeme. Pero *escuchame*, vayamos juntos al instituto y confesémosle nosotros a esa muchacha, con un precioso bolero, que nuestro hijo está perdidamente enamorado de ella.

–Violeta, ¿tú crees que Liberto se da cuenta de que bebemos?

–No, estoy convencida de que no. El caso es que ya se me fueron las ganas de eso que te estaba contando. Voy a servirme un cóctel a la cocina. *¿Querés* otro?

–No. ¿Qué hora es?

–Poco más de las diez.

–No, voy a escuchar la radio un poco más. Antes estaban diciendo en las noticias que habían intentado secuestrar a una niña de un colegio. Quizás eso también salga en el concurso.

–Ay, pobre, ¿y era buena estudiante?

–No sé, supongo que sí. ¿Quién iba a secuestrar a una mala? Lo han dicho por la radio.

–¿Y han dicho su nombre?

–Sí, me da que sí, creo que se llamaba Alma.

4

#Otoño
#LlamadaDeRadio

Se hace de noche, principios de octubre. Pronto empezará a hacer frío. Lo dice la publicidad de El Corte Inglés con una modelo rubia que lleva un abrigo y un sombrero mientras caen hojas secas de tonos ocres. Pero en realidad hace calor y la gente sigue saliendo en manga corta y chanclas por el cambio climático.

–Los hijos te enseñan humildad y te vuelven más tonto, pues descubres que son la única cosa que amas sin haberla podido elegir. No sé si me entienden. Todo, todo lo demás, lo elegimos y no vale para nada.

La locutora de radio de un programa de madrugada, acostumbrada a todo tipo de confesiones telefónicas, no se siente cómoda con esta llamada. Quizás por ese deje arrastrado de quien le habla al otro lado de la línea como si estuviera borracho.

–Perdone, Arturo, y disculpe que se lo pregunte así directamente, pero... ¿va usted bebido?

–No... quizás... aunque es posible que me hayan dado algún calmante de caballo y alguno de elefanta. ¿Es que no se me entiende?

–Pues la verdad, Arturo, sinceramente, nos cuesta.

–Ya, si yo me lo noto, que se me pega la lengua. Pero es que no me puedo dormir.

–Ya, si ha consumido drogas es lógico, pero entiéndame, Arturo, que ni nosotros le estamos entendiendo ni usted mismo nos explica el motivo de su llamada. De modo que, si es tan amable, le agradecería...

–No, no quiero ser amable, por primera vez en mi vida no quiero ser amable con nadie. Quiero que me escuchen, que al menos sepan que me he pasado toda su vida aprendiendo artes marciales, que al día siguiente de que naciera ya me había apuntado a todas las clases que encontré, que me saqué la licencia de armas en cuanto pude, que jamás pasó un día...

–¿Arturo? Bien, vamos a cortar la llamada, compañeros.

–¡No! No me pueden... dejar de escuchar. Me lo deben.

–Verá, Arturo, usted no es quien dirige este programa: soy yo. Y estoy intentando hacerle comprender que ni drogado ni borracho voy a aceptar que su llamada esté en el aire por un segundo más. Me da igual lo que usted quiera contarnos, me dan igual sus estúpidas reflexiones, le estoy diciendo a mis compañeros que corten su llamada porque...

–Soy Arturo Velázquez, el padre de Alma Velázquez Sainz. Mi hija es la niña que han intentado secuestrar.

–Dios mío, lo siento, lo siento mucho. De verdad, Arturo, no podía imaginar...

–Yo tampoco. ¿Cómo iba a imaginar que mientras yo estaba tan tranquilo en mi casa, cambiando la hora a los relojes, mi niña estaba siendo secuestrada?

–No sé qué decirle, Arturo, de verdad que estoy sin palabras.

–Ahora yo me he oído y también me parezco un borracho.

–No, pero usted no se hunda, Arturo, que estoy segura, estamos todos seguros, de que su hija estará bien y de que ese criminal será atrapado y castigado por la justicia.

–¿Y qué? Ya lo he pensado también. Si multiplicar su dolor por cien le quitase a mi hija al menos un ápice del miedo que ha podido sentir, yo mismo pegaría a ese extraño durante el resto de mi vida. Pero no servirá de nada, mi niña se lanzó desde un balcón a causa del miedo. Un dolor no quita otro. Ahora mi hija vivirá con miedo de todos los hombres por culpa de ese... Y aunque yo lo atrapase, aunque fuese el mejor detective privado del mundo y lo agarrase con mis manos, ¿qué podría hacerle?

–Le entiendo, pero...

–No, eso no. Le aseguro que ni usted ni nadie me entienden. Mire, tengo ahora cincuenta y dos años, me quedan unos veinte de existencia. Pues aunque me pasara esos veinte explicándole la angustia que se siente, usted no podría imaginarse lo que yo he pasado.

–Tan solo era una... una frase hecha, Arturo, una muletilla que aquí decimos.

–Ya... ya... ¿sabe? Todo lo que hablamos son frases hechas, pero están vacías, las repetimos porque es lo que toca decir. Hemos gastado las palabras de tanto usarlas y ahora solo me encuentro con frases hechas, vacías, sin significado. ¿Cómo voy a dejar yo que alguien se acerque a mi niña?

–Le entiendo, quiero decir...

–¿Lo ve? No, déjelo, tan solo quería... decirles que gracias, que mi Alma está tranquila ahora, que ha llorado y le dolía la barriga porque no había podido ir al baño. Ya saben, del susto, pero ahora ya está bien, al final se ha sentado y ha hecho una muy gorda. Ahora ya duerme. Solo eso, muchas gracias a todos.

Se oye el pitido de un teléfono y enseguida salta la melodía del programa.

5

#LolaPrincesa

Lola es una princesa con un soplo en el corazón y un ojo vago que provocó que apareciera con un parche pirata blanco en todas sus fotos de comunión. Por suerte, a los once se cayó del trampolín de la piscina en el hotel de Benalmádena y se rompió un diente, de modo que ya nadie se daba cuenta de que se le iba un poco el ojo izquierdo. Curiosamente, a los trece le salió una teta, la derecha, mientras que la izquierda no le salió hasta un año después. Por lo que se bañó con camiseta hasta los catorce, edad en que todo se le enderezó y adquirió un perfecto estado de armonía transformando a la patita de la niñez, bizca y mellada, en una preciosa princesa enganchada al móvil. Salvo a los quince, que se rompió un brazo esquiando y se hizo un esguince tocando el piano. Un último detalle que ya hizo temer a sus padres que la niña fuera un cenizo. Preciosa, eso sí, pero un poco ceniza. De hecho, cuando la apuntaron a ballet, ningún padre quería llevarla en su coche con el resto de niñas; ya que después de siete pinchazos y dos motores averiados, comprendieron que Lola estaba acostumbrada a volver a casa en grúa. Sobre todo cuando uno de los conductores de la grúa la saludó por su nombre y le preguntó por su cumpleaños.

#Cenizo
#Ceniza

Hubo una niña de las de ballet, Cristina, que durante un tiempo la llamó ceniza. Empezó tras la rotura de motor de su padre al intentar llevarlas a clase y la consecuente e imprevista cancelación del prometido viaje a Eurodisney por motivos económicos. Hablaron con la profesora, se reunieron los padres, lloraron las niñas y acabaron convenciendo a Lola de que no, que no se enfadara, que en realidad la llamaban Ceniza por Cenicienta, la princesa; pero que sí, que aceptaba borrarse de ballet por el bien de las demás. A partir de entonces, todo el mundo supo que Lola atraía la mala suerte y que por eso la llamaban Lola la Ceniza. O, simplemente, la Cenicienta.

Lola lleva, exactamente, 134 días sin ir a urgencias, si descontamos que el otro día se grapó un dedo en clase. De modo que, en plena posesión de sus facultades, Lola puede dedicarse a su mayor afición en el mundo: el móvil. Aunque siempre se le caiga y lo lleve con la pantalla rota. De hecho, son más de las doce de la noche y sigue enganchada al móvil roto. Aunque esta vez con razón, pues le han pasado el vídeo de Alma saltando por el balcón y el corte de radio de su padre diciendo que ha hecho una caca muy gorda. Y Alma salta así sin más, como si hubiera una piscina, girando los brazos y cerrando los ojos... y se estampa contra el techo de un Toyota Verso gris. Y luego se levanta y sigue corriendo y se cae de cabeza al suelo y la gente mira al cielo sorprendida.

Lo cierto es que a Lola también le entran ganas de reír, ¡pero es su amiga, por favor! Qué morrazo se mete contra el techo, no, no debe reírse... Venga, va, un emoticono serio. Eso sí, cuando Alma se levante mañana y se entere de lo de la radio y la caca, se muere y no vuelve al instituto. ¿Puede haber un problemón más gordo?

#AtraparUnLeón

A León le ha llegado la notificación de que su última familia de acogida, los de la sopa, no lo encuentran ajustado a sus parámetros de búsqueda. Ha recibido decenas de cartas como esa, todas rotas. Se la ha dado Gori, Gregorio, Luis Gregorio, el Gori, otro de los de Servicios Sociales. Todos son iguales, todos lo miran con pena cuando lo conocen, desde pequeño le chocan los cinco, le llaman campeón, le dan las buenas noches... Pero al final todos acaban perdiendo la pena, como si le cayeses mal a todo el mundo, desde tus padres al resto de las familias del planeta, a todas, a cualquiera le resultas antipático, incluso cuando te callas les caes mal. Eso ya es el colmo de la antipatía.

Cuando intentas atrapar a un león en una jaula del zoo, debes rodearlo, acosarlo por todos los lados para que se asuste, gritarle, dar golpes en el suelo. Pero eso sí, siempre, siempre, debes dejarle una puerta abierta detrás, una vía de escape para que pueda huir. De lo contrario, si lo acosas y no le dejas escapatoria, el león te saltará a la cara como le pasó a Ángel Cristo en Valencia en 1984. Con las personas suele suceder lo mismo.

León respira fuerte mientras el profesor de Lengua sigue con el mismo artículo de periódico: las solicitudes de adopción de una perrita ciega encontrada en un contenedor de basura colapsan las redes sociales y se convierten en *@trendingtopic*, mientras que nadie ha compartido la noticia de los cuatro niños subsaharianos menores de seis años desaparecidos en una patera volcada esa misma madrugada.

Algunos animales son más importantes que muchas personas, quizás esas personas deban empezar a comportarse como animales para que las adopten.

León respira fuerte, se está ahogando, respira, fuerte, por la nariz... y abre la ventana. Lorenzo, el profesor de Lengua, un hombre con aspecto de rana flaca que va a clases de baile desde que su mujer lo dejó, le dice que la cierre, por favor, que cierre la ventana... y toda la clase se gira porque hace frío. León los mira, respira, fuerte, por la nariz... y como un kamikaze arranca y se lanza contra Lorenzo cual avión en picado. Por suerte, las dotes de baile del profesor le permiten esquivarlo en el último momento con un paso de tango. Y León choca a muerte contra la pizarra, con un golpe seco, cayendo inconsciente al suelo, dejando un borrón de tiza y sudor donde antes estaba escrito *#AdoptaPerrita*.

6

#Bigote
#Barba
#Perilla

En los últimos diez años de su vida, León ha sido atendido por dos psicólogos y un asistente social. La gente no lo suele comentar, pero nadie mira a su psiquiatra a los ojos, siempre a la boca. Nunca recordarás el color de sus ojos, pero sí su...

1) Bigote. El primer psicólogo que atendió a León fue cruel, y el pobre niño averiguó que no volvería a ver a sus padres nunca más. Lo cual provocó que se callara ***#PorPrimeraVezEnSuVida***.
2) Barba. El segundo psicólogo que atendió a León estaba como una regadera. Pero consiguió que el niño hablara.
3) Perilla. El primer asistente social de León se acaba de jubilar y ha conseguido que el chico vuelva a callarse ***#PorSegundaVezEnSuVida***.

Desde el equipo de orientación del instituto, desesperados, consiguen una reunión con el segundo; del primero no hay más datos y el tercero no coge el teléfono. Están a la espera de que llegue la nueva asistente social que va a ocupar su plaza.

#PsicólogoLoco

–Cuando conocí a León era un niño, tendría siete años, apenas hablaba. Por lo visto, cuando lo rescataron, se hizo famoso por su sonrisa, precisamente porque no dejaba de sonreír. Pero algo le debió pasar con su primer psicólogo, un tipo raro con bigote, porque ya no sonreía ni quería hablar. Imagino que comprendió que no iba a volver a ver sus padres. Por eso se calló y dejó de sonreír. No hablaba con nadie. Me costó mucho tiempo romper esa barrera. Mucho. Hasta que una mañana se me ocurrió preguntarle: «¿En qué piensas, León?». Y él me respondió.

–¿Qué le respondió?

–No lo recuerdo, algo sin importancia, supongo. Lo importante fue el avance en sí. ¿Entiende? Yo fui su psicólogo durante dos años y el primero en afirmar que ese chico era extremadamente inteligente, que no me cabía duda de ello, y eso que apenas hablaba. Pero había algo en él que te gritaba que era especial.

–¿Y por qué dejó de ser su psicólogo? Si me permite la curiosidad, claro.

–Pues no lo sé, le juro que nunca he dejado de preguntármelo. Así, sin más, de un día para otro, me dieron de baja, me prejubilaron... El caso es que... me he olvidado de lo que le estaba diciendo.

–Sí. ¿Se acuerda de lo que hemos hablado al principio, cuando me ha abierto la puerta?

–Porque usted antes ha llamado.

–Bueno, sí, porque yo antes he llamado...

–A ver si se va a creer usted que estoy yo aquí, en mi casa, detrás de la puerta, abriéndola cada dos por tres, a ver si aparece alguien por arte de birlibirloque. Ni mucho menos, caballero.

–Bueno, pues eso, le he explicado que León se estaba comportando de manera violenta en el instituto, que actuaba como un kamikaze contra todo y contra todos, y que había intentado agredir a un profesor.

–¿De qué?

–De Lengua.

–Menos mal, siempre sería peor que hubiera agredido al de Música, ¿no cree?

–Eh... Sí, supongo. Pero ¿lo recuerda usted?

–Sí, sí, claro. León fue recogido por la policía en unas circunstancias deplorables: sucio, lleno de piojos, pulgas, con sarna, con tiña incluso. Pese a que pensábamos que ya estaba erradicada. No lo habían escolarizado nunca, y sin embargo, lo que más le sorprendía a todo el mundo era que no dejaba de sonreír, ¡hasta salió en la prensa local! Por eso me lo enviaron a mí al final, porque pensaron que en semejantes circunstancias y con tal felicidad, el niño debía tener algún retraso mental. Pero no, y eso todavía les sorprendió más, pues yo, como psicólogo que era, dictaminé que ese niño tenía una inteligencia muy superior a la media establecida.

–No, no me refería a eso, perdone que le interrumpa. Eso es muy interesante también, pero le decía que si se acordaba de que León había agredido a un profesor y eso.

–Pues, si he de serle sincero, no, en absoluto, *niente, nichts, rien...* Yo es que... verá usted... Yo me olvido de las cosas, o más bien, las cosas se me olvidan, que es más exacto. Si quiere que me acuerde, tendrá que ser así, a salto de mata o a troche y moche. Pero si quiere averiguar algo puntual, eso mejor pregúnteselo a mi mujer, que es la que mejor sabe de lo que yo me acuerdo.

#Alzheimer
#OlvidarRecordarTe

–¡Aurora! ¿Verdad que yo no me acuerdo de las cosas? ¡¿Y verdad que tú no te olvidas de lo que yo me tengo que acordar cuando me olvido?! Y me quieres, ¿verdad Aurora? Ya sé que te lo pregunto siempre, ¡pero es que no quiero que se me olvide!

–¿Decía usted?

–No, no, mi mujer no está muerta, está en la cocina. Lo que pasa es que ella es así, es muy tímida y no le gusta hablar, igual que le pasaba a León. Pero ¿muerta? Qué va a estar muerta, hombre, si lo sabré yo, está en la cocina.

7

#ElAmorNoExiste

León tiene el pelo negro e hirsuto, le da un aire de tipo duro con ojos verdes.

Recuerda frases que ha leído en Twitter sobre el amor mientras observa a un grupo de chicas sentadas en un banco. Fuman a la espera de que suene el timbre. Solo entonces apurarán el cigarro y llegarán tarde a clase.

Ahora todo el mundo sabe quién es él: el kamikaze que intentó arrollar al de Lengua. Pero eso no importa ya. Ni tampoco las historias que cuentan sobre él. No importan porque León está harto, harto de que lo miren, harto de que lo rechacen, harto de pelear, pero, sobre todo, harto de dar pena. Si dentro lleva un kamikaze, será León Kamikaze. Y si le cae mal al mundo entero, pues entonces podrá utilizar su don. Así todos sabrán de verdad lo que es sufrir, así tendrán un motivo de verdad para odiarle. Porque León está solo, sí, pero nadie más posee su don. Y ellos tienen la culpa de que haya decidido ser malo, volver a pelear, volver a robar, volver a mentir, volver a ser un maldito, volver a usar su don.

#ElDonDeLeón

Sí, León tiene un don: percibe y calma la soledad ajena. Aunque no la suya. Es decir, igual que todos percibimos que nos están mirando fijamente por la espalda, del mismo modo, León puede percibir la soledad en las personas y calmarla como quien duerme a un bebé que llora. Ese es su don: huele la soledad. Cualquiera menos la suya.

Y ha decidido volver a ser malo.

#VíctimaUno
#LaNiña

Suena el timbre, todos los rezagados forman un embudo para colarse por la puerta antes de que cierren. Hay una alumna de primer curso, apenas una niña que huele a tabaco. León la coge de la mano y le pregunta, sin preámbulos ni presentaciones más allá de las miradas que intercambiaron antes, cuando ella fumaba y hacía como que no se daba cuenta:

–¿Te vienes?

Y el corazón le da un vuelco, y ella siente que por fin lo ha encontrado, que esas son las palabras que siempre ha estado esperando, justo el día en que más lo necesitaba, que es él, que tiene ese algo especial... que sí, claro que sí, donde tú quieras.

Este es el don de León. Su propia maldición. Como un vampiro con dolor de muelas.

Y a la hora del recreo, la niña de primero, con sus ojos castaños, su coleta morena y su cara de muñeca, volverá con sus amigas sentadas en la valla del patio, bajo la acacia, cual paloma a la bandada. Y todas le preguntarán como picoteando migas del suelo. Y ella les intentará contar que se ha enrollado con León sin explicarles que el placer de sus besos le hacía temblar por momentos. Y se echará a llorar porque él, de repente...

–Se ha vuelto loco, me ha apartado y me ha mirado como... ¡como si fuera fea! Y me ha empezado a decir que el amor no existe, que era tonta, que me fuera.

#VíctimaDos
#LaRepetidora

Quizás, solo quizás, su mejor amiga se levante indignada y se escape por la puerta de los profesores, como esas palomas que salen volando sin motivo aparente, y encuentre a León sentado en un banco con un libro de filosofía[1] en la mano. Y quizás, solo quizás, pretenda recriminarle la manera en que ha engañado a una niña, puesto que ella es repetidora y un año mayor, ya tiene catorce...

---

[1] *Sobre el amor*, José Ortega y Gasset, Plenitud, 1963.

León la mirará a los ojos, casi la olerá, casi sonreirá, cerrará el libro y le preguntará:

–¿Tus padres están en casa ahora?

Y, como Drácula haciéndose de Tuenti, León decidirá volver a ser malo.

8

#VíctimaTres
#InésMagdalenas

Inés huele a magdalenas, pues sus padres tienen una panadería; además de una amante, su padre, y una depresión, su madre, que supera consumiendo antidepresivos de todos los colores. Inés conoce a la amante de su padre porque a veces los ha visto por la calle, o subidos en un taxi, o tomando algo en una cafetería del centro, como si fueran novios viejos de luna de miel falsa.

Inés no ha suspendido un examen en su vida; de hecho, se entristece si saca menos de un diez. Aunque ella nunca protesta: se vuelve a casa, le da un beso a su madre, comen juntas en el piso de arriba y enseguida se encierra en su cuarto a estudiar.

Inés toca el piano, su madre dice que desde los cinco años, pero en realidad es desde los seis. Y va al conservatorio de música dos o tres veces por semana, más los ensayos en casa, en el piso de abajo. Suele pasarse los días estudiando, haciendo deberes o tocando el piano. Nunca sale los fines de semana, quizás al cine con alguna amiga si las lleva uno de los padres o, como mucho, a algún cumpleaños en media docena de ocasiones.

Inés huele siempre a magdalenas. Tiene la piel dulce y blanca, con algunas pecas suaves; y el pelo castaño, algo ondulado, con un flequillo que le tapa a veces las gafas; y un diente roto porque el año pasado se cayó en la piscina de sus tíos. Qué disgusto. Qué soponcio.

Inés escribe un diario secreto que esconde debajo de la cama, con una llave que siempre lleva colgando del cuello. En él confiesa que tiene miedo de que su madre un día se cruce por la calle con su padre y Susana, la amante; o que le preocupa que todas sus amigas sepan lo que van a estudiar y ella todavía no lo tenga claro; o que le asusta enamorarse de algún chico y que descubra que no sabe besar, que no la han besado nunca, que no la han tocado nunca... Y cierra el diario porque hasta escribir eso le da vergüenza.

#EnLaBiblioteca

En la biblioteca del instituto apenas hay una chica que convalida música y un chico que se encontraba mal y lo han dejado allí leyendo a Edgar Rice Burroughs[2].

León tiene una cicatriz en la frente de una pelea, y la manía de quedarse con la mirada perdida cuando desea algo. Ha entrado siguiendo un rastro, como un depredador hambriento, sus músculos tensos bajo la camiseta negra, sus ojos verdes fijos en la presa.

Inés no puede evitar levantar la mirada del libro de Historia cuando León se sienta frente a ella y, sin prisa, le sonríe, le aguanta la mirada, la traspasa con esos ojos verdes y le dice:

–Hueles a magdalenas.

#LeónComeMagdalenas

Horas después, la madre de Inés sigue abajo atendiendo el horno mientras ella escribe en su diario, todavía oliendo a León.

«Sus manos, su manera de respirarme entre el pelo, sus dedos rozando mi piel como si me fueran a amasar... Si pudiera decirle lo feliz que me siento, si pudiera ir corriendo ahora a su lado y confesarle que le quiero, que me quiero casar con él, que quiero que nuestros hijos...».

León, mientras tanto, está devorando a Elena.

---

[2] *Bajo las lunas de Marte 1. Una princesa de Marte*, Edgar Rice Burroughs, La Biblioteca del Laberinto, 2012.

9

#VíctimaCuatro
#ElenaAntiAbrazos

Elena parece que sufre cuando abraza. Tiene cara de actriz de moda porque apenas come desde que despidieron a su padre del ayuntamiento y su madre se puso a limpiar en casas.

Elena fue la niña más guapa de las fiestas de su pueblo, por eso ahora es la que más seguidores tiene en Instagram.

También es cierto que se pasa el tiempo perdido subiendo fotos y toqueteando el móvil para ver cuántos la miran. Quizás, solo quizás, algún día la llamen de una agencia de modelos, pues le han dicho que una chica de otro instituto hizo lo mismo y le pasó.

Elena tiene novio, pero cuando la abraza parece que sufre todavía más.

Elena dejó de estudiar cuando pilló a su padre llorando en la cocina. Quizás por eso discute si la intentan acostar antes de las doce, porque tiene miedo de perder su casa. Quizás por eso se enfada con todo el mundo, porque la hipoteca de sus padres es un caballo de madera.

Y quizás por eso se acerca a León, que lee un libro[3], y le pregunta si es el kamikaze.

León cierra *El filo de la navaja*, levanta la mirada y sonríe.

#Somerset

Horas después, él se está marchando sin despedirse y ella, mientras ojea el móvil, se atreve a confesarle:

–Jamás me habían abrazado así.

Aunque está de espaldas, León le contesta apartando la mirada:

–Ni lo harán.

---

[3] *El filo de la navaja*, William Somerset Maugham, Debate, 2000.

10

#VíctimaCinco
#SaraSelfie

Sara tiene un padre que limpia cristales y granos de acné. En su casa ensucia los espejos con betún blanco para no verse, y su padre los limpia hasta dejarlos impolutos. Apenas se hablan, él trabaja de noche y ella dice que estudia de día. Tampoco se buscan.

Sara siempre se hace fotos de espaldas, pues, en su infinita sabiduría, Dios le concedió un acné horrible y un culo apoteósico. Por eso tiene fotos de su culo en todos los perfiles. Y en casa, los espejos sucios. Su padre sabe que el móvil de su hija está repleto de culos: de fotos en bragas, tangas, biquinis y alguna sin nada. Pero él bastante tiene con pasarse la noche subido a un andamio limpiando cristales de los edificios de oficinas como para encima llegar a casa y escuchar siempre las mismas discusiones entre su segunda mujer, su hija y su hijastra. Él bastante hace. Ya es mayorcita si quiere enseñar el culo.

Sara tiene una madrastra, pero tampoco se hablan; como mucho, se dan portazos. También tiene una hermanastra a la que odia tanto como para echarle lejía en la lavadora, donde ella había metido prendas delicadas. Esa fue una de las peleas más sonoras que tuvieron porque su hermanastra encerró a Sara en el patio interior de la cocina y toda la finca la oyó gritar hasta que destrozó la puerta de aluminio a patadas.

Sara se enteró de que sus padres se iban a divorciar hace menos de un año; su madre se fue con un albañil joven en paro y su padre le metió en casa a su nueva mamá y a su nueva hermanita, oriundas de Colombia ambas. Hasta entonces, Sara sabía resolver raíces cuadradas de cabeza, es más, siempre la habían propuesto para grupos de superdotados en Matemáticas y ella nunca había querido meterse. Le daba vergüenza ser lista.

León percibe algo, un rastro fresco, sube las escaleras del instituto y se pone nervioso, atento. Percibe las ganas de llorar de alguien, como si se hubiese dejado un grifo abierto por dentro. La ha localizado, tiene que ser ella, lo siente, va haciéndose un hueco entre la gente hasta esa chica de las mallas, está a punto, la va a tocar, un paso más, ya casi puede rozar su mano...

De repente lo agarran, lo sacan del tumulto y aparece a empujones en el baño de los chicos. Los que le han empujado lo sujetan con fuerza como dos sicarios de película mala mientras Pepe «el Pequeño» entra y cierra tras de sí la puerta de los servicios.

León no es tonto y enseguida entiende que ese adolescente enorme, irónicamente apodado «el Pequeño», es el mismo con el que ha visto a la chica esta con la que se enrolló él ayer en el piso este que olía a aceitunas y... Y vamos, que entre él y sus amigos le van a dar una paliza. Otra más.

11

#LeónHerido

El conserje intenta detener a León para que no abra la puerta del instituto y salga a la calle cojeando, malherido, repleta de hematomas la cabeza.

–¡Eh, chaval! Chaval, ¿dónde vas? ¡No puedes irte así, espera que avise a dirección!

Ahora por teléfono.

–Señor director, soy Anselmo, le digo: que se acaba de escapar el chaval este que da tantos problemas. Sí, ese, León, que se ve que le han pegado una paliza o algo así, va hecho un eccehomo por la acera. ¿Que llame a la policía? ¿Que avise al profesor de guardia y que busquemos a los que le han pegado? De acuerdo, de acuerdo.

Para sorpresa de los de la policía local, que ese día tenían cumpleaños y tarta, León no opuso ningún tipo de resistencia cuando lo interceptaron y comprobaron que no solo cojeaba, sino que también tenía toda la cabeza amoratada y con sangre seca.

Para sorpresa del conserje y de la profesora de guardia, que ese día estrenaba móvil, en el cuarto de baño encontraron a tres estudiantes de cuarto tirados por el suelo, cubiertos de golpes y arañazos, destrozados, como si hubiesen querido atrapar a un león en ese retrete.

En la unidad de vigilancia intensiva del hospital que está junto a la salida 22-A de la vía de circunvalación no se oye nada. Silencio. Mientras alguien mete monedas en la máquina del café, mientras una enfermera cambia un gotero, mientras un médico cruza el pasillo con sus zuecos... descargan a León herido, una vez más.

#Malherido
#BienHerido

–¿Sí, quién es?

–¿Es usted asistente social? Mire, le llamamos desde el hospital que está junto a la salida 22-A de la carretera de circunvalación, el que tiene un letrero grande que pone HOSPITAL en el tejado.

–Ya, ya, sí. ¿Ha sucedido algo?

–Sí, verá, es por un chico suyo, tenemos aquí su ficha... León. ¿Oiga? ¿Sigue ahí? ¿Oiga?

#Rellamada

El teléfono al que llama se encuentra apagado o fuera de cobertura en estos momentos.

#Rellamada

–¿Sí?

–Verá, soy yo de nuevo, del hospital que está junto a la salida 22-A de la carretera de circunvalación, el que tiene un letrero grande que pone HOSPITAL en el tejado, le llamábamos porque...

–Mire, y disculpe que le corte, pero yo ya estoy jubilado. León ya no es mi responsabilidad, yo ya no soy su asistente social, no vuelvan a llamarme, por favor.

–No, espere, un momento, le han dado una paliza de muerte, lo van a subir a planta, está muy mal.

–¿Una paliza? ¿Quién?

–No lo sabemos, todavía no nos han pasado el informe desde la policía local.

–¿Una paliza? ¿Tiene golpes por todo el cuerpo, o principalmente en la cabeza?

–Exacto, eso es, es la cabeza lo que le han machacado.

–Pues entonces busque a más heridos, porque el que ha dado la paliza ha sido él.

–¿Cómo dice?

–León es como un toro y es él el que pelea a cabezazos como si estuviera loco. Que lo está. No le hagan caso. Si los golpes están en la cabeza, preocúpense mejor de los que se hayan enfrentado a él, les saldrá más rentable. Buenas noches. Y no me vuelvan a llamar.

12

#AlmaVuelve
#SaltaAlmaSalta
#AlmaEnLaTeleYa

Alma vuelve hoy al instituto dinosaurio cuadrado. A sabiendas de que se burlarán de ella, no encuentra ropa que ponerse. ¿Un traje de payasa? ¿Existen los trajes de payasa? ¿Cómo será un traje de payasa? Y le pregunta a Google... Pues sí, existen, y los venden en el Kiabi. Pero ella nunca llevará ropa de Kiabi. Por favor...

Mejor el sujetador negro de Intimissimi.

Y es que seguro que le preguntarán qué pasó, como la policía nacional, y ella les dirá lo mismo, que no vio al culpable porque llevaba casco. Y le preguntarán lo mismo, que cómo está tan tonta como para subir al piso de un tío que lleva casco y un cuchillo. Y ella les contestará lo mismo, que cuando llamó al timbre no pudo oír que llevara casco ni cuchillo. Que luego sí, cuando entró y lo vio, que entonces sí que pensó y cayó en la cuenta y salió corriendo hacia la luz y saltó por el balcón. Como el de la película esa de *No se aceptan devoluciones* cuando salta a la piscina.

Sujetador negro de Intimissimi y coleta, sin duda.

#LolaDeAlma

–Qué fuerte, Alma.

–Pero no era un viejo, tía, eso seguro. Y tampoco... tampoco daba miedo. No sé, susto sí, porque si te cierran así la puerta, pues te asustas, pero miedo de miedo... no, en serio.

–Pues te tiraste en plancha al techo de un coche.

–Que sí, tía, que lo he visto, qué vergüenza.

–¿Y él no te dijo nada?

–No, nada, en serio. Si él cerró la puerta y como que iba a hacer algo con el casco, pero claro, yo me llevé un susto que flipas.

–Claro, Almi. Que te cagas. Jajá.

–Tía, no me lo recuerdes...

–Sí, jajá. Una caca muy gorda.

–Qué vergüenza.

–Jajá.

–Qué vergüenza, tía. ¡Ah, y me sonaba la voz! Era de aquí del instituto, estoy segura. Eso se lo he dicho a la policía, que el que me contestó al timbre es de aquí del instituto, estoy segura.

–¿En serio? ¡Qué fuerte!

#OlvidarRecordarTe
#SonLentejas

Lo importante no es lo que se recuerda, sino lo que no se puede olvidar.

–Liberto, mi amor, mi cielo, *dejá* ya de llorar.

–Mamá, por favor, deja de hablar en argentino de una vez.

–Ay, hijo, yo lo intento, pero en cuanto me despisto, me sale. Espera que deje el vaso aquí.

–¿Qué querías, mamá?

–¿Qué voy a querer, mi cielo? Que dejes de llorar, que no sufras, que te comas las lentejas y que te olvides de esa muchacha, de esa tal Alma.

–No puedo, mamá.

–¿El qué? ¿Lo de las lentejas?

–Olvidarla, mamá.

–Ay, pues ahorita llamamos a tu padre, él se pasó un año sin acordarse tantito de esto de mi nombre. Ahorita vengo.

–Mamá, ahora te estás yendo al mexicano.

–Ay, es verdad, con lo mal que me han sentado a mí siempre los bigotes. ¡Matías, *vení* acá no más!

–¿Qué queréis ahora?

–El niño no puede olvidarla. Dile tú lo que hiciste para olvidarte de mí durante un año.

–Violeta, con todos mis respetos, no es que yo me olvidara de ti, es que estuve en la cárcel por falsedad documental. Y ahora te está saliendo acento esquimal.

–¿Esquimal? ¿Cómo es el acento esquimal?

—Pues no lo sé, Violeta, aunque en mi defensa te diré que los esquimales no tienen una palabra para nieve. El niño tiene dolor, no hay más vuelta de hoja.

#VueltaDeHoja

La doctora le da la vuelta a la hoja que contiene el informe de León tras cerrar la cortina del box de urgencias.

—¿Te duele?

—No.

—Pues te han dado una buena paliza. Tienes un buen historial de lesiones. Te vamos a subir a planta, tendrás que quedarte toda la noche en observación. ¿Hay alguien a quien quieras que llamemos que no sean los de Servicios Sociales?

—No.

—Es que no nos cogen el teléfono.

Dos horas después, León está remendado y sentado en una silla naranja, esperando. Pero ya es tarde y allí no aparece ni Dios. La enfermera habla con su compañera pensando que no las puede escuchar.

—Es que ya no sé adónde llamar. Me da pena, pero es que no se me ocurre nada más. ¿Qué hacemos, lo dejamos aquí? ¿Tú has leído su historial? Lo he buscado hasta en internet, salió en el periódico cuando era pequeño.

—Qué pena, de verdad. ¿Y si llamamos a la policía local?

—Ya he llamado, dicen que ellos no se hacen responsables.

—¿Y al ayuntamiento?

—No hay nadie a estas horas.

—¿Y los de Servicios Sociales?

—Me han dicho que ellos no pueden venir, que no tienen gente y que...

—Oye, ¿dónde está?

—¡Estaba ahí sentado!

—Pues se ha ido.

—¿Qué hacemos?

—No sé, avisa a seguridad, pero... si no lo quieren en ningún sitio...

León golpea la puerta de un coche, el pestillo salta, entra y en pocos minutos lo arranca. Cuando era pequeño, durante un verano en Mallorca, sus padres desaparecían días enteros y él solía quedarse con un vecino que dormía todo el día y le dejaba ver la tele sin volumen. Muchas veces también lo invitaba a cenar si seguía ahí solo viendo los dibujos, casi siempre al McDonald's. Y hasta se lo llevaba con él algunas noches a los aparcamientos de las discotecas a robar coches para desmontarles luego los equipos de música, mientras el niño León sostenía sobre sus rodillas el dibujo que le había hecho de regalo.

Así fue como el pequeño León de seis años aprendió a hacer puentes y abrir las puertas de los coches, sobre todo de los Golf GTI, que eran los preferidos de aquel ladrón al que le hacía gracia un crío que se fijaba mogollón en todo y le hacía dibujos de ellos dos.

#RecordarOlvidarTe
#SonLentejas

–Violeta, déjale, si no quiere, que no se las coma. Total, ningún niño se ha muerto por no comer lentejas. Quizás así se olvide antes de ella, hazme caso, que no se las coma. Peores cosas que no le pasen.

13

#MalaSuerte

La mala suerte no avisa, somos nosotros quienes nos sorprendemos al encontrarla; ella no, ella lleva toda la vida esperándonos.

Para ir de casa de Lola a casa de Alma existen dos rutas posibles: cruzar la avenida de circunvalación por el paso elevado, como el común de los mortales, o cruzar corriendo entre los coches como los mendigos. Lola quiere ir a casa de Alma porque su amiga le ha dicho que quiere contarle algo. Claro, Alma no le puede decir por el móvil que quiere contarle quién cree ella que es el secuestrador del instituto. Conque Alma solo le dice a Lola que quiere contarle una cosa que no le puede decir por el móvil. Y Lola le dice que si lo que le quiere contar es algo de lo que le ha dicho antes cuando le ha contado eso. Y Alma le dice que sí, que antes no se lo podía decir. Y Lola le dice que vale, que ahora va.

–¡Que te he dicho que tú no te vas ahora a ningún sitio!

El padre de Lola es un famoso locutor de radio y un hombre que chilla sin chillar, pero chillando. Y más hoy, que juega España.

–¡Que me dejes! ¡Que te he dicho que vengo enseguida!

–¡Que te he dicho que no te vas!

–¡Que me da igual, que me sueltes!

–¡Que te he dicho que no y es que no!

–¡¡¡QUE ME DEJES EN PAZ, QUE NO ME GRITES, QUE ME DEJES IR, SUELTAAAAA!!!

Lola sí que chilla, chilla hasta cuando grita y se baja corriendo por las escaleras mientras su padre se reprime porque no quiere que le oigan chillar los vecinos por el hueco de la escalera. Aunque, en realidad, todos están con la oreja puesta esperando a ver cómo acaba la discusión de un famoso con su hija.

El padre de Lola se acuerda de cuando su niña se acurrucaba junto a él y le ponía la manita en la cara para dormirse sabiendo que papá estaba ahí. En el mismo instante, Lola se acuerda de que todos los adultos son odiosos y están ahí para hacerle la vida imposible.

Sale por el portal.

Serán más de las once.

Ya casi no pasan coches por la avenida de circunvalación, tan solo algún taxi solitario.

Lola vive en un octavo y desde su habitación se ve la de Alma cuando encienden las luces; resulta curioso verse al otro lado de esa carretera y estar en silencio, cada una en su habitación, mandándose mensajes por el móvil.

Lola se está quedando sin batería, como siempre.

En el paso elevado hay alguien que no cruza, una figura que está quieta, de esas que dan miedo porque parece que no tienen ojos y te están mirando.

–Paso, paso de cruzar por ahí. Prefiero cruzar por abajo. No pasan coches a estas horas.

#DirecciónContraria
#Cenicienta
#Kamikaze

Lola cruzó esa avenida a esas horas por múltiples motivos: primero, porque se asustó de la figura sin ojos que la acechaba en el paso elevado; segundo, porque quería saber el nombre del secuestrador del instituto; tercero, porque ya lo había hecho otras veces y con más tráfico; cuarto, porque no pasaba ningún coche; quinto, porque no iba a salir ningún coche del túnel en dirección contraria; y sexto, porque en el hipotético caso de que saliera un coche del túnel en dirección contraria, se verían las luces.

A las 23:23 de la noche, a Lola la atropelló un Golf GTI que salía de un túnel en dirección contraria y con las luces apagadas, pues parece ser que la intención kamikaze del conductor era provocar algún tipo de accidente o choque frontal que no llegó a producirse por la ausencia de tráfico a esas horas debido al partido de fútbol de la selección. Una fatal casualidad hizo que coincidiesen en ese instante dos rarezas: una adolescente cruzando una avenida de circunvalación urbana por una zona totalmente prohibida para los peatones y, algo todavía más extraño, un vehículo robado circulando sin luces en dirección contraria. Una cenicienta y un kamikaze.

#SirenasEnUnOcéanoNegro

León ni vio a Lola ni a su mala suerte. Tan solo oyó el golpe y el parabrisas se hizo añicos. Como si se le hubiera cruzado el destino. Dio unos cuantos volantazos mientras el cuerpo de Lola volaba por los aires y acabó estampándose: él contra la mediana, y ella contra el asfalto negro, cual ángel muerto.

El padre de Lola llegó antes que la ambulancia, a la que llamó mientras bajaba las escaleras, maldiciendo su mala suerte, gritando hasta chillar el nombre de su hija.

Solo hubo un testigo de aquella fatal casualidad: una figura oscura que huyó corriendo del paso elevado poniéndose un casco. Con lo ridículo que es correr con casco.

Y luego... sirenas, luces naranjas, luces azules.

14

#EnCasoDeMuerte

A veces sucede que te quedas quieto, mirando al suelo, y puedes escuchar nítidamente la voz de tu hijo perdido. En una sociedad volcada en el ocio y la seguridad, la muerte de un hijo es algo anacrónico, como del pasado. «¿Qué ha fallado?», piensas. Y quizás no haya fallado nada, quizás la muerte no nos haga caso por mucho que la civilicemos.

–¿Quieres un poleo?

–No, me he tomado uno hace un par de Serrats.

–¿Has hablado con la radio?

–Sí, está todo controlado, me sustituirá Plácido el tiempo que haga falta, el programa tampoco se resiente sin mí.

–Eso no es cierto, no te quites mérito.

–No es mérito, pero bueno... ¿Qué tal tú en el despacho?

–Bien, bien, mis casos se los han pasado a una chica judía que contrataron el mismo día que pasó todo.

–¿Y sabes que es judía pero no cómo se llama?

–Sí, no sé, se me quedó. ¿Sabes cómo nos llaman ellos a nosotros?

–¿A los que no somos judíos?

–Sí. Nos llaman gentiles.

–Me parece bonito. Ahora que lo dices, me suena haberlo oído, sí.

–Es curioso.

–Sí.

–Te llegó algo de Amazon esta mañana, mientras me duchaba.

–¿A mí? No creo... Será algo para Lola, creo que se había pedido una batería externa para el móvil o algo así me dijo. No lo sé, últimamente no hablaba con ella más de un *Yesterday*.

–No hagas eso, de verdad.

–¿El qué?

–Lo sabes perfectamente: lo de medir el tiempo con canciones, no lo hagas. Sabes que es una manía tuya que odio, y ahora lo último que quiero es descargar mi odio sobre ti.

–No sabía que la odiaras tanto.

–Pues ya lo sabes. Me encanta que la uses en la radio, a tus oyentes les encanta, pero yo la odio.

–Vale. Tomo nota.

–No te enfades, por favor.

–No te preocupes, te entiendo.

–¿Te das cuenta, Javier?

–¿De qué, Pruden?

–De que no queremos ni pensarlo... Me da miedo pensar, pronunciar mentalmente las palabras. Me niego, me negaría aunque me torturasen a hablar, a pronunciar como una maldición las malditas frases que me persiguen sobre Lola, sobre su futuro, sobre lo que le puede pasar. No puedo pronunciarlas, Javier, solamente pensar en esa palabra, solamente pensar en dejar de hablar de Lola en presente... Me hace como rendirme, como traicionarla, como si las palabras fuesen conjuros y encerrasen algo de la verdad que significan.

–Son conjuros, tú lo has dicho, desde los rezos hasta las sentencias o los insultos, todas las palabras conjuran el acto que pronuncian, unas más y otras menos. Por eso no hacemos más que repetir que Lola va a vivir, y por eso huimos de lo contrario.

–Me encanta cuando hablas como en la radio, me recuerda a cuando me enamoré de ti en la universidad.

–¿Tuviste otros sitios para enamorarte de mí?

–No seas tonto, me gustaba escucharte, me gustaba cuando discutíais en los debates de política y tú nunca chillabas. Tú nunca chillabas, ese era tu poder: conseguías imponer tu voz por encima incluso de los que estaban chillando. Como el imbécil este que tan mal me caía, ¿cómo se llamaba?

#YagoPeris

–Eso, Yago Peris, qué imbécil era, qué mal me caía cuando empezaba a ponerse así de estupendo, como dando a entender que sabía más que todos nosotros. ¿Qué habrá sido de él? Seguro que ahora me dirás que es un político corrupto.

–No, no, qué va. Me vino a pedir trabajo hace unos meses, creía que te lo había contado. Se montó un periódico.

–¿Un periódico? ¿En serio?

–Sí.

–¿Y fue a pedirte ayuda para su periódico? ¿A ti?

–Sí, no, bueno, hizo como que se encontró conmigo una mañana en la cafetería y me quiso convencer de que le hiciéramos una entrevista porque su exmujer le había quitado el dinero, tenía a un hijo enfermo, estaba durmiendo en la calle y yo qué sé... La verdad es que no le hice mucho caso, supongo que también le guardo algo de manía yo también.

–Me alegro. Dime que parecía desesperado.

–Sí, lo parecía.

–Pero dilo. Dilo tú.

–Yago Peris parecía desesperado.

–Me alegro.

–¿Acaso fuisteis novios, o te rechazó y nunca me lo has contado?

–No, pero necesito oír que hay más gente sufriendo para que mi dolor me duela menos.

Mientras tanto, en la segunda planta, en Traumatología, siguen teniendo en observación al chico que ha atropellado a la hija del locutor de radio famoso. En un principio, pese a lo violento del accidente, no parece haber lesiones internas; mientras que entre las externas, más allá de los cortes producidos por los cristales, no hay ninguna herida de gravedad. El paciente presenta consciencia y lucidez. Al ser menor de edad, y por indicación de la Fiscalía de Menores, se ha dado parte a los Servicios Sociales, pero alegan que no tienen personal disponible para acudir al hospital; por lo que el paciente pasará la noche en observación hasta que el personal del turno de mañana pueda hacerse cargo de su situación. Nombre, León Zarzo Buendía; edad, 17 años.

León se levanta y se vuelve a marchar. Esta vez, escaleras arriba.

#ElDestino
#CasualidadesDeLaVida

–Yago Peris arruinado... ¿Quién lo iba a decir?

–Ya... Son esas cosas que uno no puede explicarse. Como esto, como lo del kamikaze, ¿cuántos conductores kamikazes habrán pasado por nuestra puerta desde que tenemos a Lola? ¿Uno, mil, cero?

–No sé.

–Uno, Pruden, un solo kamikaze en dieciséis años. Con todos los minutos y los millones de segundos que hay en dieciséis años, y justo pasa en el único momento en el que nuestra hija cruza, en ese mismo segundo, entre millones de segundos, en ese infinito segundo... ¿Cómo podemos pensar que ese cruce de líneas es una casualidad, Pruden?

–Yo no lo quiero pensar.

–¿Y qué es si no?

–El destino.

–Perdona, ¿a ti quién te ha dado vela en este...?

–Javier.

–Perdona, Pruden, no he pensado lo que decía. ¿Y tú quién eres, chaval? ¿Qué haces aquí?

–Soy León, el kamikaze. Me gustaría escribirle una postal a su hija.

El padre de Lola pierde toda su elegancia habitual y se lanza al cuello de ese cretino hasta empujarlo contra la máquina de café y tirarlo al suelo mientras las enfermeras del puesto de guardia llaman a seguridad y chillan como nunca nadie ha chillado en aquella silenciosa sala. Una sala de cuidados intensivos donde, milagrosamente, quizás por los chillidos, chillidos de golondrinas enfermeras, los pacientes en coma se van despertando, uno a uno, como pájaros dormidos a la espera de ese infinito segundo, entre millones de segundos...

#MilagroMédico

Es más, esa misma madrugada, Plácido, el presentador sustituto del programa nocturno de Radio Nacional, llama a su jefe a ese hospital, ambos visiblemente emocionados:

–Javier, Javier, te vuelvo a repetir que estás en el aire y te vuelvo a preguntar si es cierto lo que se cuenta en Twitter sobre lo que acaba de suceder en esa unidad de cuidados intensivos donde tú te encuentras.

–Sí, sí, Plácido, es cierto, perdona si me cuesta... hablar, pero es que esto no tiene... ninguna explicación. Plácido, es que han sido todos, los veinticinco pacientes sedados, dormidos o en coma de esa sala. Los veinticinco se han despertado como si...

–Javier, Javier, dime, por favor, entre esos veinticinco se encuentra tu hija Lola, ¿no es así?

–Sí, sí, Lola se ha despertado. La tenemos aquí a nuestro lado. La estamos viendo. Nos está mirando. Es un milagro, Plácido, es un milagro. ¡Lola está viva!

#LolaVive

15

#PsicólogoBigote

El primer psicólogo que atendió a León tenía bigote. El niño, unos siete años y la sensación de que lo llevaban desnudo por los pasillos.

–Estás lleno de futuro, León. De futuro y de prisa. Eres como una especie de kamikaze.

–Me gusta eso.

–¿El qué?

–Lo de ser un kamikaze.

–¿Sabes lo que es un kamikaze, León?

–Sí, eran japoneses, pilotos de aviones.

–Cuéntame algo de tus padres, León, ¿qué sabes de ellos?

–Mi padre es domador de circo, por eso me puso León. Y mi madre es funambulista, la mejor funambulista del mundo.

–Ajá. Y... ¿no sabes nada más de ellos? ¿No sabes dónde están ahora?

–Sí, están de gira con el circo por América, y a mí me dejaron en el colegio para que siga estudiando, y como van a volver enseguida, pues estudio mucho para llegar a ser director del circo. Por eso sé lo que es un kamikaze.

Por suerte o por desgracia, aquel psicólogo de bigote peinado y uñas largas no supo darse cuenta de que el niño estaba leyendo el informe de Servicios Sociales reflejado en el espejo de un armario entreabierto.

#LeerDelRevés

«Carmelo Zarzo Zambrano y Adela Buendía Ballesteros... ante las continuas muestras de abandono... se les comunica... dictamen judicial del juzgado número... la retirada definitiva de la guardia y custodia, así como de la patria potestad del único hijo habido en el matrimonio, León Zarzo Buendía, que pasará a... en aras de un óptimo desarrollo psicosocial... en un entorno más apropiado... impedir la posibilidad de que intenten localizar al menor».

–León.

–¿Qué?

–¿Y si te digo que hemos encontrado a unos papás que quieren cuidarte unos días?

–Dígales que se lo agradezco mucho, si quiere. Si me deja usted uno de esos papeles, les puedo hacer una postal de agradecimiento.

–Ah, sí, claro, claro. Qué bien, León.

–Pero no puedo aceptar su invitación, prefiero esperar aquí a que mis padres regresen de América con el circo.

–¿Cómo se llama el circo?

–Circo Mundial más Grande del Mundo y de América.

–¿Y de qué color es?

–Azul y blanco, y la puerta principal de acceso por la que salen los elefantes es roja, como las jaulas de los leones y los zapatos de los payasos, que son cinco, Zapo, Zepo, Zipo, Zopo y Zupo, y tienen una pata de palo porque de pequeños fueron piratas. Y arriba del todo tiene una bandera del mundo.

–¿Y cómo es la bandera del mundo, León?

–Es azul con estrellas blancas.

–¿Y no quieres probar unos días con estos papás tan amables que te he dicho?

–Yo ya tengo papás: mi padre es domador de circo y mi madre la mejor funambulista del mundo.

–Lo siento, León. Tienes que irte con estos papás, se llaman Paco e Isabel y te van a cuidar muy bien, te lo prometo.

–Se lo agradezco, pero creo que les voy a escribir una postal. ¿Me deja uno de sus papeles?

–¡Que no te dejo ni papeles ni postal, León! ¡Que me mires! ¡Que te vas con ellos y punto!

–Le voy a escribir también a usted una postal. Si levanta la mano, con este papel de aquí le hago una postal.

–León, por favor, llevamos toda la tarde con esto. No puedes quedarte aquí, prueba solo esta noche, por favor, una sola noche en casa de este matrimonio que te he dicho.

–No, lo siento, de verdad. Prefiero escribirles una postal.

#LoSiento

–¡Lola, un niño te ha escrito una postal! ¿Acabas ya o te la paso por debajo de la puerta?

La primera vez que Lola leyó el nombre de León, estaba desnuda.

«Sien to haber tehecho daño. Yo nopo día i maginar que tú existieras fue radel insti tuto. Era impo sible i maginar que yo fue raa morir y tú apa recie ras así dere pente y tecru zaras y todose vol viera negro. Qui siera pedir teper dón aun queen tiendo quemeo dies.

Perdona.

León».

La segunda vez, también.

16

#Fábula
#León&Ratón

Pedir wifi es ya de por sí humillante, pues todavía más si tienes diecisiete años y el niño al que se lo estás pidiendo va a 1.º de ESO y tiene un móvil que le pega cien patadas al tuyo. A León le entran ganas de robar, pero se aguanta, y sigue aguantando las tonterías sobre no sé qué juego que le cuenta el niño a cambio de que le pase la contraseña, otra tontería rollo *lordofdead34*. Y León sigue aguantándose la rabia de que lo vean allí en las escaleras rodeado de críos que le preguntan tonterías de todo tipo sobre el coche robado y sobre el accidente, hasta se atreven a hacerse *selfies* con él para colgarlos en Instagram con el hashtag ***#LeónKamikaze***. Y León sigue aguantando porque necesita tener WhatsApp para poder decirle a Lola que lo siente.

«So yLeón solo que ría decir te quelo siento, losien tomu cho».

Lola está todavía en el hospital, pero en planta, ya fuera de la unidad de cuidados intensivos. Su madre le ha traído el móvil esta mañana.

«Déjame en paz y aprende a escribir».

Los niños, que ya van cogiendo confianza y se ríen de su mierda de teléfono, le preguntan si con ese móvil puede hacer fotos y le dicen que es el mismo que tiene su abuela.

«Losien tode verdad yono que ría hacer teda ño».

Lola todavía no ve bien de un ojo y hace pis con un poco de sangre.

«Déjame en paz o te denunciaré por acoso».

Los niños se burlan poniendo sus móviles encima del de León, impidiéndole leer, y comparando lo minúsculo y viejo que es.

«D everdad telo juro. Yono que ría hacer tedaño. Porfavor, yono soy malo».

Lola tiene la cara morada y amarilla, y todo un lado hinchado.

«Que me dejes, que no me das pena, que la que está en el hospital soy yo».

León se está poniendo nervioso entre tanto crío y estira la mano para que lo dejen en paz mientras el niño de la wifi intenta irse porque está sonando el timbre. León lo sujeta un instante por el brazo porque necesita decirle...

«Noquiero dar tepena. Quiero queme per dones».

Lola tiene la tibia rota y una escayola que hace que no pueda ni andar ni dormir ni hacer pis.

«Que me dejes en paz, que te odio, que casi me matas, imbécil, que estás loco».

León comete un pequeño error, pequeño, sin darse cuenta: sujeta al niño por el brazo para seguir teniendo wifi. El niño está llorando. Mucho. León no se ha dado cuenta, hasta que levanta la cabeza y ve la situación: el niño llorando agarrado por el brazo, los que volvían a clase del patio parados y algunos mayores que ya van corriendo a defender al niño, en grupo, hacia el león que ha hecho daño con su zarpa a un cachorro sin darse cuenta. Van a por él y no tiene salida.

#ConversaciónDeMayores

Ha pasado algo más de una hora, el resto del instituto está en el patio y León aguarda a que la policía local, la directora de zona de Servicios Sociales y el director del instituto hablen en el otro despacho.

–Es que no hay más salida que esa. Lo que ha pasado hoy aquí no puede volver a suceder, porque salimos en los periódicos. Cada día nos monta una historia de estas. El chico tiene que irse.

–No, de verdad, si lo expulsan... no hay salida. Es que ya lo han expulsado de todos los sitios. No tiene adónde ir. Ustedes pónganse en su lugar.

–Si nos ponemos, por eso estamos aquí, porque queremos darle una solución. Pero nos acaba de dejar usted a cuadros diciéndonos que tiene familia y que no quieren hacerse cargo de él. Pues entonces, si la familia no lo quiere y en el instituto no lo podemos tener, la única solución que yo veo es que se vaya a otro hogar de acogida.

–León no puede ir a ninguno. No los hay, ha vivido en todos y en todos ha tenido problemas, o se ha peleado, o... ¿No lo entienden? No lo podemos echar de más sitios porque ya no le quedan lugares a los que ir.

–Pero vamos a ver, y perdonen que me ponga así, pero este familiar... ¿está localizable? Quiero decir, ¿tiene domicilio, trabajo? ¿Por qué no se lo han entregado antes?

–Pues porque hemos estado considerando otras opciones.

–Pero esta opción... ¿no la han considerado?

–Sí que la hemos considerado, pero no la hemos...

–¡Por lo que más quiera! ¿¡Nos puede decir de una vez qué es lo que le ocurre a este familiar de León para que no quieran llevarlo con él!?

–Pues ocurre que él no quiere hacerse cargo de León.

–Ni él ni nadie, eso lo entiendo. Pero quiero decir, este hombre, su tío, ¿a qué se dedica? ¿Es un alcohólico, un mendigo?

–No, todo lo contrario: es profesor de Filosofía en la universidad.

–¡¿¡¿¡Cómo!?!?!

–Lo que han oído. Es el hermano de la madre de León y es catedrático de Filosofía; de hecho, se podría decir que es toda una eminencia en su especialidad.

–¿Que León tiene un tío que es profesor de universidad? No me lo puedo creer. ¿Y él lo sabe?

–Sí, claro que lo sabe. No se le puede ocultar nada. Y también sabe que su tío firmó un documento notarial rechazando cualquier tipo de patria potestad o responsabilidad civil con respecto a su sobrino.

–¿Por qué?

–Ah, eso es lo que no sabemos.

–Será un tipo raro.

–Sí, tiene pinta. Pero nos hemos entrevistado con él, hemos hablado, nos hemos reunido y... bajo ningún concepto acepta hacerse cargo de su sobrino.

–¿Cree usted que es imposible?

–Imposible, se lo aseguro. Hemos probado de todas las formas habidas y por haber.

–Bien, entonces, ¿nosotros qué hacemos?

–Pues... por ahora, León seguirá una semana más en el centro de menores a la espera de que se le asigne un nuevo asistente social, cosa bastante difícil, pero entiéndanme, si ustedes lo expulsan ahora del instituto, nos lo ponen muy difícil a los Servicios Sociales. De modo que, si me hacen el favor, castiguen a León aquí en el instituto y permitan que siga asistiendo a clase.

–O sea, que nos lo comamos con patatas.

–Ya sé que no les dejo en una situación nada cómoda, pero...

–No, no, le aseguro que cómoda, lo que se dice cómoda, no lo es para nada.

Se oye un ruido tremendo de cristales rotos en el despacho de al lado.

–¡¿Qué ha tirado ahora, Valentín?!

–¡Un diccionario de latín, señor director!

–Por favor, esto es intolerable. Me da igual si su tío quiere quedárselo o no. Llamen al asistente social que lo ha llevado toda su vida y que nos explique por qué no quiere quedárselo.

–Ese funcionario de Servicios Sociales no les va a coger el teléfono, ya se lo digo yo.

–¿Por qué? ¿Cómo lo sabe?

–Pues porque lo conozco, porque se pasó más de diez años con León, se ha jubilado y lo último que quiere es oír hablar de él.

–Margallo, hazme el favor, pasa tú y quédate con él y con Valentín, no sea que tire más cosas por la ventana. ¿Y ustedes? ¿No se lo pueden llevar al calabozo una noche aunque sea, a ver si así...?

–No, imposible, o el instituto denuncia o nosotros no podemos intervenir.

–Pues menuda papeleta... Nada, pues lléveselo usted al centro de menores y ya veré yo... ¿No tendrá usted el teléfono de su tío por ahí?

Se oye de nuevo otro ruido.

–¡¿Qué ha tirado ahora?!

–Nada, nada, no se preocupe, señor director, era un manual de Windows Vista.

–Hombre, por lo menos... Ah, eso, si fueran tan amables de facilitarme el teléfono de su tío a ver si yo pudiera localizarlo. Por lo menos para saber los motivos por los que...

–Sí, lo tengo aquí, se lo anoto si quiere, pero ya le adelanto yo que le será muy difícil que le coja el teléfono. Pero bueno... yo me llevo a León a su jaula.

Luis Avellaneda, director de instituto y profesor de Francés, lector fervoroso de Balzac y devoto de *Papá Goriot*, es un hombre curioso, en todos sus significados. Y ahí está, una hora después, llamando desde una cabina a ese número apuntado en un folio doblado.

–¿Sí? Diga.

–¿Don Mateo Buendía?

–Sí, soy yo. ¿Quién llama? ¿Son del banco?

–¿Del banco? No, no. Verá, me llamo Luis Avellaneda y soy el director del instituto de su sobrino, León.

–Entonces, ¿no son del banco?

Y don Luis se acuerda entonces de Papá Goriot.

–No, ¡pero no cuelgue! Verá, su sobrino ha heredado muchísimo dinero.

#FinDeLaParte1

#PARTE2

17

#MateoBuendía

Cuando intentas dormir en una casa nueva, todo huele a serrín o a plástico, hasta los cristales huelen. Es un hecho indiscutible que la única manera de hacerse dueño de una casa es haciendo caca. Eso o cambiar una bombilla, pero ambas cosas al mismo tiempo no se recomiendan en los manuales de colonización alienígena por fascículos de los años 60.

León lee a Eco[4], tiene el culo de su tío Mateo pegado al suyo, pero lee a Eco. No hay nada más que pueda hacer en esa cama tan pequeña. Su tío no le ha comprado una cama; es más, solo hay una en toda la casa y es pequeña.

–¿Vamos a dormir juntos?

–Es lo que parece.

–Vale.

–¿Te meas en la cama?

–No. Pero puedo intentarlo.

Esa fue su primera conversación. Hasta entonces habían aguantado sin hablarse.

Mateo Buendía es un filósofo arruinado que vive en un enorme piso sin muebles en pleno centro y por el que paga un alquiler desproporcionado. Todos en el edificio saben que es filósofo porque sale en Google y también saben que le están engañando porque el propietario lo cuenta, aunque se calla el motivo.

Mateo Buendía está arruinado: cobra su nómina de la universidad, pero utiliza constantemente varias tarjetas de crédito y va acumulando pagos sin preocuparse jamás de las deudas. Hasta que las deudas han empezado a preocuparse por él. Dirá que no quiere que se los roben, que por eso no tiene dinero ni muebles, pero miente.

---

[4] *El nombre de la rosa*, Umberto Eco, Lumen, 1983.

Cuando León vuelve del cuarto de baño, su tío se está quitando los calzoncillos.

–¿Tienes que curarte las heridas de la cabeza?

–No, no hace falta. ¿Por qué no hay muebles en la casa?

Su tío cae en la cuenta de que el pijama está en la lavadora, de modo que vuelve a ponerse los mismos calzoncillos.

–Para que no me los robes.

León le observa y elige una de las muchas preguntas que le vienen a la cabeza al ver a ese hombre en calzoncillos doblando la ropa sobre una silla de Ikea.

–¿Me voy a quedar aquí?

–Si no me robas... sí. Unos meses.

–¿En serio?

Su tío en calzoncillos decide meterse en la cama.

–Sí. Espero. Para entonces tendrás dieciocho. Ah, ten, necesitarás un pijama.

–¿Tienes libros?

–Sí, ¿para qué?

–Para leer. ¿Me dejas uno?

Y su tío en calzoncillos resopla porque debe salir. De esa manera León puede vestirse solo, le da vergüenza con Mateo delante. Cuando su tío vuelve al cuarto, ya se ha puesto el pijama de Batman talla doce años.

–Veo que has crecido.

–No importa.

–Ten. Es Umberto Eco.

–¿Me gustará?

–No creo.

Y su tío en calzoncillos se vuelve a meter en la cama. Está claro que quiere dormir en el lado derecho.

León lee a Eco, duerme en una cama minúscula, tiene el culo de su tío pegado al suyo, lleva un pijama de Batman que le queda corto, y su tío está haciendo como si roncara, pero con los ojos abiertos. Le entran ganas de reír con cada ronquido falso, pero eso es mejor que pensar en los motivos que tuvo para no haber querido saber nada de él. Nunca. Aunque tampoco quiere pensar muy alto, no sea que su tío le oiga. Y parece que le ha oído.

–¿Estás pensando en tirarte un pedo?

–No.

–Ten en cuenta que un pedo tuyo vale por dos míos.
–¿Por qué?
–Porque yo soy el dueño de la cama.
–Vale.
Sin más preámbulos, León se tira un pedo.
Por su lado, su tío se tira tres.
El olor en esa pequeña cama es insoportable.
–Me has mentido.
–Sí. Pero porque tú te has tirado un pedo.
–Pero me dijiste que podía.
–No, te dije lo que pasaría si lo hacías.
–Pero me has mentido.
–Sí, pero tú tienes la culpa.
–¿Por qué?
–Pues porque has sido tú quien ha roto el *status quo*. Una agresión sin motivo por parte de un supuesto aliado exige una respuesta proporcionada por parte del contrario.
–¿Y te ha parecido proporcionada?
–Por supuesto: siempre que la respuesta sea mayor, será proporcionada.
–¿Me comprarás mañana una cama?
–No. Y piensa que todo aquel a quien le hagas daño siempre querrá responderte con un dolor mayor, recuérdalo siempre. Y no me robes.
Y entonces León comprendió que todos en su familia estaban locos, que no conocía de nada a ese hombre raro, pero que era lo único que tenía en este planeta. Y que esta vez debía poner todo de su parte, que podía tener una casa, que quizás por fin podía tener una familia, su verdadera familia. Lógicamente, León comprendió que eso del daño también valía para cuando eras bueno.
Y León decidió volver a ser bueno.

18

#VidaNueva
#DeudasViejas

A las ocho de la mañana suena el timbre. León llega antes, pues su tío sigue en calzoncillos sin querer salir de la cama; cuando abre la puerta, no puede menos que sorprenderse.

–Buenos días.

–¡Tío! ¡Hay un torero en la puerta que me pregunta quién soy!

–Lo sé. Dile que va a tener que esperar bastante.

El torero, Antonio, tiene un capote de brega rosa que sujeta con los brazos cruzados mientras espera, aunque le hayan cerrado la puerta en las narices. Sin consideración alguna, su tío Mateo la vuelve a abrir media hora después, con la cara recién lavada y la camisa recién puesta. Y el torero sigue ahí.

–Me voy. No uses mi cepillo de dientes y limpia con un trozo de papel lo que salpiques fuera del váter. Y no me robes.

Cuando salen y Antonio se da la vuelta, León puede leer rotulado el siguiente mensaje en el traje de luces del torero:

COBRO DE DEUDAS Y MOROSOS EL TORERO,
QUE LO SEPA EL MUNDO ENTERO.

Y se van. Sin caer en la cuenta de que León ahora ha decidido ser bueno.

#Matias&Violeta
#DosMúsicosEnAlbornoz

En la puerta del dinosaurio cuadrado, los padres de Liberto están tocando el violín y el chelo. Lo tocan bien, es cierto, pero están en la acera, con albornoces blancos, y los que pasan los miran y se giran y se paran y los graban con los móviles. Y se ríen.

Todos menos Liberto, que aparca su *quad*, se quita el casco, los ve y, como un rayo, se lo vuelve a poner para entrar sin que lo reconozcan.

De modo que, aquel día, Liberto y sus compañeros entran al instituto con el espectacular acompañamiento musical de Rajmaninov. Acontecimiento que fue recordado durante mucho tiempo en cenas de antiguos alumnos y redes sociales del futuro. De hecho, tanto Violeta como Matías pensaron que todos los niños del mundo deberían entrar al colegio con Rajmaninov. Siempre. Todos los días. Tal pensamiento mezclado con ginebra del DIA y Orfidal fue lo que dio como resultado tan estrambótico concierto. Y el banal premio de convertirse en ***@trendingtopic*** durante todo el día en Twitter.

Sin embargo, la mayor sorpresa para León aquel día que todos recordarían como el de los locos con albornoz tocando música en la puerta del instituto... no fue el acompañamiento musical, sino descubrir a Lola enfadada. En su clase de Matemáticas. Y en silla de ruedas.

#Matemáticas
#ViejoProfesorViudo

–Levanten la mano aquellos que sí hayan sabido realizar las ecuaciones de la página 78.

Todos levantan la mano, menos León.

–Levanten la mano aquellos que sí hayan sabido realizar las ecuaciones de la página 79.

Todos levantan la mano, menos León.

–Levanten la mano aquellos que sí hayan sabido realizar las ecuaciones de la página 80.

Nadie levanta la mano, salvo León.

–¿Usted quién es?

–Me llamo León Zarzo Buendía.

Don Servando es un loro triste y gris, de esos que se han ido quedando sin plumas y da pena verlos. Don Servando es un loro triste con una camisa blanca mal planchada y un traje gris oscuro y arrugado. Lleva el pelo calvo sin cortar, blanco, pero ya largo por detrás, hasta la nuca. Se le hacen greñas y queda feo, como a esos loros grises a los que se les ve la piel del cuello.

–¿Realmente sabe usted resolver las ecuaciones de la página 80?

–En absoluto, señor, ni siquiera tengo el libro de texto.

–Entonces, ¿por qué ha levantado la mano con tanto entusiasmo?

–Pues porque quería impresionar a mi compañera Lola.

Revuelo estúpido en el aula de gente que jamás soñó despierta.

–¿A Lola? ¿A esta Lola? ¡Cállense! ¿Pero no fue a esta Lola a la que usted atropelló?

–Sin querer, pero sí.

–Sin querer, dice. ¿Y qué le hace pensar que si no la impresionó arrollándola con un coche, la va a impresionar resolviendo una ecuación?

–No sé, tenía que probar. Ya sabe, el empirismo.

–Pues ya le informo yo de que... ¡que se callen! Empíricamente, con una vida entera de empirismo, las matemáticas no provocan ningún tipo de atractivo en las mujeres. ¿Ha probado usted con la poesía, con Pedro Salinas?

–No, no me había enamorado hasta ahora.

–Profe, ¿podemos seguir con la clase?

–Claro que sí, claro que sí, sigan ustedes, resuelvan ecuaciones. Usted no, usted queda expulsado, León, váyase a la biblioteca y lea a Pedro Salinas. Yo conquisté a... ¡Qué demonios! ¡Llévese a Lola a la biblioteca! Y como castigo debe... leerle a Pedro Salinas, *Razón de amor*, hasta la hora del patio.

–¡¿¡¿¡Cómo!?!?!

#LocaPrudencia

La madre de Lola, Prudencia, se ha presentado en el instituto una hora después, cuando ya había sonado el timbre del recreo, ¡fumando por los pasillos! Quiere hablar ni más ni menos que con el inspector para que expulsen al profesor de Matemáticas, al viejo don Servando, por haber obligado a su hija a quedarse a solas con aquel que ni más ni menos había intentado asesinarla, y es que no le cabe en la cabeza cómo alguien puede estar tan imbécil como para hacer semejante...

–Pues porque no está bien, Pruden. Don Servando perdió a su esposa hace apenas unas semanas y no está bien.

–¿Y lo tiene que pagar mi hija? ¡Pues si no está bien, que no venga! ¡Que se coja una baja como todo hijo de vecino, pero que no provoque el conflicto traumático que le ha provocado a mi hija! ¡Nosotras no tenemos la culpa de que se haya muerto su...!

En ese momento, don Servando cruza por el pasillo, abatido, acompañado de la profesora de Latín. Lo ha oído, se detiene, mira a los ojos a la madre de Lola y susurra con un hilo de voz:

–Matilde, se llamaba Matilde.

Sin embargo, la madre de Lola está demasiado enfadada. Lo ignora y el pobre hombre sigue su matemático caminar.

–Lo entiendo, Pruden, de verdad que me pongo en su lugar, no ya como director, sino como padre. Pero también es cierto que, por lo que parece, traumático, lo que se dice traumático, tampoco ha sido para Lola.

–¡¿¡¿¡Cómo!?!?!

#EnLaBiblioteca
#PedroSalinas

León empujó la silla de ruedas de Lola por el pasillo como un asesino obediente; abrió la puerta de la biblioteca de un empujón como un verdugo sordo; escogió el peor lugar para aparcarla como un vampiro de pueblo: junto a la ventana, para que se abrasara al sol.

Y luego se apartó. Mientras ella avisaba a su madre con el móvil, él recorría las estanterías de esa biblioteca cerrada, olfateando a Pedro Salinas, como un león merodeando. Se subió a una mesa de un salto, repasó con el índice los libros tras el cristal y lo encontró mientras Lola, nerviosa, le explicaba a su madre que estaba a solas con el que la había atropellado y que... ¡estaba sacando una navaja!

Con la navaja, León hizo fuerza contra la puerta de cristal y atrapó a Pedro Salinas[5] como quien coge a un pájaro de una jaula, mientras Lola le gritaba a su madre que se calmase. O que no gritase tanto.

Pero León bajó de la mesa como un gato con un pájaro en la boca, se sentó frente a Lola, la miró a los ojos y empezó a recitarle mientras ella se quedaba sin batería en el alma.

---

[5] *La voz a ti debida; Razón de Amor; Largo lamento*, Pedro Salinas, Cátedra, 2005.

No quiero que te vayas,
dolor, última forma
de amar. Me estoy sintiendo
vivir cuando me dueles
[...]

#LolaContraElMundo

La vuelta en taxi es tensa. Lola va sentada atrás, con la pierna escayolada estirada a lo largo de los asientos; su madre, que huele a tabaco, se ha sentado de copiloto; y el taxista, al ver que no hablan, ha decidido seguir callado y oler a tabaco.

–Es que no lo entiendo, es que no entiendo en qué mundo vivimos para que yo tenga que poner una denuncia y pedir una orden de alejamiento contra ese chico que tendría que estar no te digo yo en la cárcel, pero sí al menos en otro instituto, puesto que es menor y...

–No quiero que lo denuncies, mamá.

–Me da igual lo que tú quieras, Lola. Él tiene ya una causa abierta por robo de vehículo, conducción temeraria y...

–Me da igual, mamá. No quiero ponerle ninguna denuncia por esto. Él no ha tenido la culpa esta vez, ha sido el profe.

–Pues si ha sido el profesor, pues le pondremos la denuncia al profesor.

–No puedes denunciar a don Servando, al pobre se le murió la mujer hace...

–Pues me da igual, Lola, me da igual. La gente no puede comportarse así, ya se lo he explicado al director. Me da igual que me pidan disculpas, el desconocimiento de las leyes no exime de su cumplimiento. No puedo consentir...

–Es que soy yo quien lo quiere consentir. Denuncia a León si quieres. Pero, por favor, deja a don Servando...

–Pero ¿por qué lo voy a dejar? ¡Me sacáis todos de quicio! Es un hombre viejo. Si su mujer se ha muerto, pues lo siento, pero todos debemos comportarnos profesionalmente, que para eso nos pagan. Si no puedes trabajar, no trabajes, punto.

–No somos robots, mamá. Tenemos sentimientos.

–Los sentimientos están muy bien, Lola. Lo que yo critico son las excusas. Somos el país de las excusas. ¿De verdad te crees que ese profesor sabía lo que decía cuando os ha mandado a la biblioteca?

Lola se queda pensando en esos versos para un hombre que acaba de ver morir a su esposa.

No quiero que te vayas,
dolor, última forma
de amar. Me estoy sintiendo
vivir cuando me dueles
[...]

#NadieEnCasa

Cuando León regresa a casa de su tío, nadie le contesta, ni siquiera le abren el portal, y eso que se harta de llamar. Y lo que es peor, León no tiene móvil, pues el que tenía era del centro de menores. Y es que ahora se supone que tiene una familia, se supone que todo debe ser normal, que alguien debe cuidar de él y abrirle la puerta. Pero se está haciendo de noche y él sigue leyendo *El nombre de la rosa* en un banco de la calle. Por suerte, Antonio el torero pasa vestido de padre con su hijo de cinco años cogido de la mano.

–Perdone, perdone, Antonio. Soy León, el sobrino de Mateo Buendía. ¿Sabe dónde está mi tío?

–¿Tú tío? ¿A estas horas? En su casa. Seguro.

León se enfada, aprieta el pulsador del telefonillo como para hundirlo en la pared. Lo lógico es que nadie aguante esa tortura ni quince segundos. Cinco minutos de reloj y de timbre después, se oye la voz de su tío.

–¡Ya está bien!

Y la puerta se abre.

#LeónDomesticado

Cuando accede al piso, su tío está sentado en un sillón de Ikea gris, leyendo un libro y anotando cosas a lápiz en una libreta roja.

–¡Estás como una cabra! ¡Me estaba muriendo de frío ahí fuera! ¡Estás loco, eres un enfermo, eres un nazi! ¡Nadie deja a alguien de su familia en la calle tirado como un perro!

–Pensé que quizás así no volverías por aquí. No me gustó lo de dormir anoche, no dormí nada. Prefiero mi utopía de Tomás Moro.

–¡Pues cómprame una cama!

–No, no tengo dinero. La única solución es que te vuelvas al centro de menores.

#Domingo
#Bulldog

Sin avisar, un bulldog inglés sale con pachorra de la cocina y cruza lentamente el comedor delante de ellos para meterse al cuarto de baño.

–¿Has comprado un perro? ¡Dices que no tienes dinero para una cama y te compras un perro!

–Es un perro guardián, lo recomienda Platón en *La República*. Evitará que me robes.

–¡Estás loco!

–¿Yo? El que incumple las leyes eres tú. Yo soy un ciudadano ejemplar.

–Eres un loco que vive sin muebles.

–Y tú un ladrón que atropella niñas.

–¡Estás solo, piénsalo! ¡Piensa por qué estás solo!

–¡Tú también estás solo! ¡Al menos, mi soledad ha sido voluntaria!

–¡Serás hipócrita! ¡Me he pasado la vida solo porque tú quisiste!

–¡Confundes hipócrita con cínico! ¡Habla con propiedad!

–¡Me da igual! ¡Hipócrita suena peor!

–¡Pero es inapropiado en el contexto! ¡Pensaba que tenías mayor capacidad de abstracción!

–¡Y yo pensaba que me abrirías la puerta!

Huele a caca.

–¡El perro se ha cagado! Te toca.

–¿El perro? ¿Ni siquiera le has puesto nombre?

–No. Es un perro. No hay ninguno más en este piso. No hay posible confusión.

–Yo le limpio la mierda si tú no me vuelves a dejar en la calle.

–No te prometo nada. Siempre que tú no me robes.

–No tienes nada que te pueda robar.

–El miedo a los ladrones en los espacios privados y a los excrementos en los espacios públicos, es decir, propiedad e higiene...

–¿Qué dices ahora?

–Pues que creo que, en nuestra discusión democrática sobre la fundación de este estado civil temporal, creo que acabamos de cumplir con dos preceptos básicos de la República de Platón. Propiedad e higiene...

–Estás loco.

–Piénsalo, León. Si construyeses una sociedad, ¿qué dos cosas serían imprescindibles?

–No sé, ¿las puertas y las cocinas?

–No, las murallas y las letrinas. Ya lo dijo Platón en *La República*. O quizás fue Tomás Moro...

El perro sale del cuarto de baño y vuelve a cruzar el comedor con pachorra, sin dignarse a mirarlos.

–Se llamará Domingo.

#Imposible
#LolaEnSuCastillo

Mientras tanto, en el cuarto de baño de su castillo, Lola está con Alma intentando depilarse. No hay mejor excusa para que dos amigas se encierren juntas en el baño una tarde de octubre. Sobre todo si una de ellas es peluda como un oso polar centroafricano.

Alma le confiesa a Lola quién cree que fue el que la intentó secuestrar. Pero Lola no le hace mucho caso.

Alma le confiesa a Lola que no entiende bien el rollo que se trae con León, puesto que todos dicen que sus padres eran unos mendigos y ella es la única hija de famosos que va al instituto.

Todo ello mientras le levanta una pierna y la embetuna con cera caliente.

Lola se defiende argumentando que no tiene ningún rollo con León, que el de Matemáticas los mandó a la biblioteca y que luego llegó su madre. Y que eso de que sus padres eran mendigos es mentira.

Todo ello mientras Alma le da un tirón por la cara oculta del muslo.

Pero Alma le recrimina que eso no es cierto, que todos dicen que León la había levantado en brazos, con la silla de ruedas y todo, y que se estaban morreando como si se fuesen a ahogar.

Todo ello mientras le emplasta otro pegote de cera caliente y Lola se muerde la lengua y calla y otorga.

–¿Pero entonces te vas a volver a enrollar con él?

–Ay, y yo qué sé. Es que... es que tengo la sensación de que es el único al que no le puede pasar nada con mi mala suerte. De verdad, creo que es tan bruto, tan animal que... está a salvo de mi mala suerte. Hasta fue capaz de meterme mano por debajo de la silla de ruedas.

–¡Qué fuerte, tía!

–Ya... Pero no, no creo que vuelva a quedar con él, mi madre me lo ha prohibido terminantemente. Imposible. Me vigila, me encierra, me quita el móvil. Imposible.

–¿Imposible?

–Imposible.

–Entonces, ¿por qué me has pedido que te ayude a depilarte?

Lola sonríe.

–Por si acaso.

–¿Por si acaso qué?

–Por si acaso él no sabe que es imposible.

19

#DomingoSinDinero

Domingo es un bulldog gordo al que le cuesta respirar, está dentro de la categoría de perros feos y además es vago hasta no ver la muerte venir por no girarse. Pero a León le gusta: jamás ha tenido algo suyo, y mucho menos una mascota. Lo acaricia y le hace gracia. Se da cuenta de que está empezando a tener cosas que perder: una cama, un pijama, un perro, una cenicienta en silla de ruedas... Son cosas que perder, y él nunca ha tenido nada que perder. Mientras acaricia a Domingo en su habitación, entiende que solo puede huir hacia delante.

–Tío, necesito dinero, necesito un móvil.

–Lee a Karl Marx, búscate un trabajo. No importa el orden de los factores.

–¿De verdad te crees que haciéndome la vida imposible me voy a ir? Pues olvídate, no puedo ir a ningún lado. ¿Me entiendes? Y aunque pudiera, cualquiera de las familias con las que me han mandado te da veinte patadas en cuanto a hacerme la vida imposible y mirarme con cara de asco. Así que... ¡olvídate! ¡No me pienso ir de aquí!

Como un viejo entrenador de boxeo hablándole desde el ring de su gimnasio.

–No sabes discutir.

–¿Cómo?

Como un viejo entrenador de boxeo poniéndole los guantes rojos a un niño.

–No sabes discutir, no sabes argumentar. No puedes concluir tu discusión con tu mayor angustia, porque entonces debilitas tu argumentación. Debes dar por sentado lo que más miedo te da y negociar, amenazar con algo que te sea secundario. Debías haber amenazado con el dinero y haber dado por sentada tu permanencia. Así solo has demostrado que lo que te interesa es quedarte, y no el dinero; el dinero solo era una excusa para enunciar tu miedo más evidente: que te eche.

–Quiero dinero. Me da igual lo filósofo que seas, yo también sé hablar así. Quiero dinero.

El niño empieza a golpear en las palmas de su entrenador.

–Yo no tengo dinero.

–Claro que tienes dinero. Eres profesor en la universidad, sales en Google, vives en esta casa, tienes dinero.

–Vuelves a argumentar mal. Debes ordenar la importancia de tus argumentos de manera que el más importante siempre quede al final y de esa forma la elocuencia crezca, no mengüe. No tengo dinero porque me robaron y porque uso tarjetas de crédito que cada vez me endeudan más, hasta el límite actual, en el que me sigue un cobrador de morosos.

León cree recordar la voz de musaraña de su tío en otra época de su vida, quizás en una comisaría de policía. Mateo Buendía es alto, pero no mira a los ojos, siempre esquiva la mirada, mira al suelo, a la ventana, en un gesto bastante ridículo. León imita sus movimientos de cabeza para no mirar a los ojos al contrincante.

Como un niño imitando la manera de boxear de su entrenador.

–No lo has argumentado bien. Deberías haber acabado con el robo, que es lo que más impresiona. Además, al cobrador de morosos ya lo conozco, no tendrías que haber acabado con él. Y yo necesito dinero.

–¡Ambos necesitamos dinero! ¡Eso es una evidencia! ¡Pero tú vas a heredar una fortuna en unos pocos días!

El entrenador ha tirado la toalla al suelo.

–¡¿¡¿¡Qué!?!?!

El entrenador recoge la toalla del suelo.

–¿Cómo que qué? Eso es lo que me contó tu director. Me llamó y me dijo que habías heredado una fortuna y que necesitabas un familiar adulto que te la administrase.

–¿Yo, una fortuna? ¿De quién?

–Pues no sé, yo supuse que de tus padres.

–¿Mis padres han muerto?

–No lo sé, eso deberías saberlo tú.

–¿No sabes si mis padres están vivos?

–¡Tú tampoco! ¡No me lo preguntes así!

–¿No sabes nada de mis padres?

–¿Acaso sabes tú algo?

–¿Y dices que voy a recibir una herencia?

–Pues ya me has hecho dudar. Vamos a llamar a tu director. Pero es imposible que un director de instituto pueda mentir.

–¿Ah, sí? ¿Cómo? ¿Con qué teléfono?

–Pues... bajamos a una cabina.

–Ya no existen las cabinas, tío.

–Sí que existen. De hecho, todavía hay una al doblar la esquina.

–Pero está lloviendo.

–Da igual, vamos.

#LaÚltimaCabinaDeTeléfonos

A las diez y media de la noche y lloviendo a mares, tío y sobrino, apretados en una vieja cabina de teléfonos, esperan a que cojan la llamada al otro lado de la línea.

–¿Sí, quién es?

–¿Don Luis Avellaneda?

–Sí, soy yo, ¿quién es?

–Soy Mateo Buendía. Le quería preguntar: ¿la herencia que usted me comentó que León iba a recibir, venía por parte de madre o por parte de padre? ¿Oiga? ¿Don Luis? ¿Oiga?

–¿Qué dice?

–No lo sé, se ha cortado.

–Ya tienes tu respuesta.

–¿Que me engañó?

–Claro que te engañó. Si tú le hablaste de algo de dinero o de tus deudas, pues...

–No hay herencia.

–No.

Silencio tras la campana, el combate se ha detenido.

–¿Te quedaste conmigo solo por el dinero?

–Es evidente que sí.

–¿Y ahora qué?

–Pues parece ser que ya no somos ricos.

Y ahí se quedan los dos, encerrados en la cabina, bajo el aguacero, de noche por todo el mundo, como dos gatos mojados bajo la tormenta.

20

#YEsperar
#ComoQuienEspera
#LaLluviaBajoLaCama
#QueTuCuerpoEntienda
#QueMisManosSeHicieron
#AdredePensandoEnTi

«Me gusta ríaha blarconti golue go».

«No sabes escribir, deja de enviarme notas».

«Sí sées cribir».

«Deja de enviarme notas».

«Quie robesarte y volverabesarte y besartemilveces hastaper derlacuen ta».

«Deja de enviarme notas».

«Escribobien esCa tulo».

«Que escribes mal, escribir de escribir».

«Puesnolo entien do».

«Que escribes mal. Que no quiero saber nada de ti. Que eres tonto. Que me dejes».

«Amí nome llames tonto».

«Me mentiste. Eres un imbécil».

«¿Por quéqué te hehe cho?».

«Que no me hables, que me dejes».

«¿Por qué?».

«Vete a la mierda».

«Tecreespecial porquetienes muchodinero y yono».

«Que te vayas a la mierda».

«Noeres nadie. Nosabes nada de la vida. Nohas vivido nada. Cenicienta».

«Y tú eres un chulo de mierda que...».

–¡¿Pueden dejar de tirarse notitas de una puñetera vez?!

#HarryElTopo

El profesor de Inglés, Harry, es un topo, pequeño y arrugado. No tiene cuello, está calvo y lleva unas gafas de cristales gruesos que le hacen los ojos todavía más pequeños. En alguna ocasión, hace años, cuenta la leyenda que los alumnos se le escapaban cada vez que se giraba, hasta incluso dejarle la clase vacía. Pero eso es muy difícil que suceda, pues Harry, como buen topo, tiene el oído muy fino.

–¡Márchense fuera, quedan los dos expulsados!

–No pueden expulsarnos juntos.

–Ah, son ustedes, los de la orden de alejamiento. *Amazing*... Está bien, márchese usted, León, váyase a la biblioteca a leer un libro.

–¿Cuál?

–El que sea, no importa. Espere, lea a Byron, el que sea, pero de Byron. Le sentará bien.

#EnLaBiblioteca
#LordByron
#Desesperado

Mi tierno secreto está sepultado para siempre en mi alma.
Mi corazón palpita todavía frecuentemente
para corresponder a los latidos del tuyo;
pero luego tiembla guardando un profundo silencio.
[...].

Lola entra en la biblioteca loca de celos, iracunda, rabiosa, ardiendo. Golpeándolo todo con su torpe silla de ruedas. Alguien le ha contado que León se ha enrollado con otras, con muchas. Incluso le han pasado fotos, aún las lleva en su móvil roto y en su corazón roto. Estampa sus palmas sobre la mesa y, sin comprobar si están de nuevo a solas, le espeta:

–¡Eres insoportable! Olvídate de mí, besa a cuantas quieras, duerme en la cama de todas y toca todos los cuerpos que encuentres, porque a mí nunca podrás tocarme. ¡Jamás! ¡Jamás volverás ni siquiera a besarme!

León salta como un animal salvaje por encima del libro, por encima de Byron[6], por encima del corsario, por encima de la mesa, y atrapa a Lola con sus garras como solo un león sabe atrapar a su presa.

[6] *El corsario*, George Gordon Byron, Espasa-Calpe, 1976.

#TiempoDeSilencio

Una hora después, la madre de Lola vuelve a estar poniéndolos firmes a todos en el despacho de don Luis, el director.

–¡¡¡Pero esto es intolerable!!! ¡Que ya no sé en qué idioma decírselo! ¡Que me dan igual sus excusas! ¡Que les dije que no quería bajo ningún concepto que ese energúmeno se acercase a mi hija!

–Perdone que le interrumpa, Prudencia, pero, por lo que he podido informarme, esta vez el acercamiento fue mutuo. Muy mutuo. De manera que, sin que sirva de precedente, háganos el favor de tranquilizarse de una puñetera vez y dejar de culparnos a los demás por su problema. Ya está bien. Es su hija, no somos nosotros. Deje de echarnos la culpa. Y menos sin antes echársela también a usted misma.

El director del instituto, don Luis Avellaneda, profesor de Francés y seguidor de Balzac, respira a gusto por fin, como cuando te estás meando mucho y logras llegar al baño por fin.

#EnLaSalaDeGuardia

Las pieles saben, entienden, hacen que el cuerpo les obedezca por instinto. Y se reconocen. Porque su sabor permanece para siempre. A veces sucede, muy pocas son conscientes, pero a veces sucede... Y el recuerdo de una piel te hace peor persona para siempre.

León está encerrado en una sala de guardia, Lola en la de al lado. Ambos alterados, inquietos, con la respiración entrecortada, sufriendo como animales encerrados. Se perciben, se notan al otro lado de la pared. Lola toca los azulejos fríos con las manos mientras León se deja caer contra el muro como queriendo atravesarlo con su olor. Los propios profesores que los vigilan están asustados. Esto no es normal.

Suena el móvil de Lola, lo coge, es León, lo está viendo por videollamada. Ella apoya el móvil en la pared, él apoya el suyo al otro lado: se miran, frente a frente, pantalla a pantalla, atravesándose los ojos y la pared de las ganas. Esto no es normal.

#TiempoDeSilencio

—¡Que me da igual todo lo que me digan! ¡Su obligación es impedir que ese energúmeno se acerque a mi hija! ¡Que sí! ¡Que me da igual si mi hija se acerca a él o es al contrario o de mutuo acuerdo! ¡De ninguna de las maneras consentirán ustedes que estén juntos!

Acto seguido, la dirección del colegio expulsa a León y a Lola por un comportamiento contrario a las normas del régimen interno del centro... en la biblioteca, en los pasillos, en la sala de guardia y hasta en el despacho del director mientras el equipo docente les lee sus partes de expulsión.

21

#EnTuHabitación

–Miénteme, dime que siempre me has querido.

–Siempre te he querido.

–Dime que nunca besaste a otras.

–Nunca besé a otras.

–Que nunca me vas a dejar.

–Nunca te voy a dejar.

Lola huele a escayola y champú. León huele a hambre, como un animal a punto de devorarla. Pero es ella quien lo detiene, sujetándolo por los pectorales.

–Cuéntame antes algo de cuando eras pequeño.

León se convierte en gato y Lola en su ovillo.

–¿Algo de qué?

–No sé, algún recuerdo, algo que te pasara.

–¿De verdad que no va a venir tu madre?

–Imposible, tenía un juicio o una vista o algo de eso a las once. Imposible, en serio.

Imposible. Lola miente. Ambos los saben.

–Los espaguetis de lata.

–¿Te gustaban?

–Sí. Mi madre solía cocinarlos quemando periódicos en la pila de la cocina y poniendo encima la lata de espaguetis.

–¿Cómo?

–Cuando como espaguetis de lata me acuerdo de mis padres. De cuando vivíamos en una casa okupa que tenía las ventanas tapiadas, en el sur, por Alicante. En verano hacía mucho calor y casi no se podía respirar. Olía mal, pero siempre había gente cantando o contando historias. Porque la puerta no se podía cerrar, entraba y salía todo el mundo. Y yo comía espaguetis calientes y la lata quemaba y yo me tiznaba los dedos porque estaba negra.

–¿En serio? Qué miedo, ¿no?

–No, qué va, yo no lo recuerdo con miedo. Para mí era normal, siempre había gente, siempre hablaban, se gritaban, jugaban conmigo, me decían tonterías, me soltaban discursos y yo me reía. Muchas veces me despertaba y no estaban mis padres, pero siempre recuerdo que había alguien que quería cuidarme, aunque no tuviera dientes en la boca. Aprendí que la gente es buena por instinto; de lo contrario, ya nos habríamos extinguido.

–¿Y nunca te pasó nada?

–No, jamás, te juro que yo fui el niño más feliz del mundo.

–Qué raro...

–No. Raro para ti. Para mí eso era lo normal, que mis padres me abandonaran y se pasasen fuera días enteros en los que a mí me cuidaban desconocidos. Para mí era normal, yo era un niño, no conocía otra cosa, pensaba que todos los padres del mundo hacían eso. A mí solo me daba rabia el frío, cuando alguien salía y se dejaba un tablero mal puesto y era invierno y se colaba el aire y hacía frío. Pero yo no me quejaba porque entonces mi madre venía y me tapaba con un montón de mantas que olían, y lo odiaba. Además, siempre había alguien que decía que tuvieran cuidado con el chiquillo, alguien que me protegía y me llevaba con la lata de espaguetis a otra habitación.

–¿Pero era tu casa?

–No, en realidad no. Nos mudábamos con frecuencia y yo siempre estaba cambiando de una habitación a otra, con mi almohada de Mickey y mi saco de dormir del Carrefour, que fue la primera palabra que aprendí a leer.

–¿Mickey?

–No, Carrefour.

–Ah.

–Pero no nos íbamos lejos, siempre por el barrio, pero yo sé que la mayoría de casas, si no todas, eran casas okupas.

–¿Pero tus padres qué eran?

–Pues mi padre era neurocirujano en la NASA y mi madre una rica heredera con hipo.

León se ríe.

–No, en serio. No me mientas.

–Pues, por lo que yo recuerdo, eran de todo. De todo lo malo, quiero decir, de mendigos a alcohólicos o incluso yonquis. Al menos eso es lo que me parecía, pero de verdad que nunca los recuerdo tristes. Te lo juro. Tampoco los recuerdo discutiendo. Me abandonaban, se iban, a veces no podían ni hablar o se habían caído por las escaleras o se habían dormido en el suelo... Pero no los recuerdo tristes.

–¿Cómo se llamaban?

–Carmelo Zarzo y Adela Buendía.

–¿No tienes fotos suyas?

–No. Cuando me recogió la policía local, yo llevaba sus DNI en un bolsillo. Mi padre siempre me decía que se los cuidara, que con eso siempre me encontrarían, pero claro, me los acabaron quitando. No sé si fueron los Servicios Sociales, el fiscal de menores o quien fuera, pero una vez que me los quitaron yo ya supe que no volvería a verlos nunca.

–¿Y por qué...?

–No lo sé, no sé lo que pasó. Imagino que esa última vez tardaron demasiado en volver y que alguien de los que vivían en esa casa cayó en la cuenta de avisar a la policía.

–¿Y no los volviste a ver?

–No.

–Entonces, ¿no sabes si están vivos o...?

–No, no están vivos. Si lo estuvieran, habrían venido a buscarme. Algo les pasó, seguro.

–Y luego, ¿qué?

–Pues luego, mi tío Mateo rechazó mi custodia, mis abuelos habían fallecido todos y lo único que pudieron hacer fue buscarme hogares de acogida o familias de adopción. Pero aquello no funcionó nunca. Yo me he recorrido el país entero viviendo con desconocidos, pero eso no funcionó nunca.

–Lógico.

–No, no por mí. Yo me había pasado la vida durmiendo en casas okupas, no tenía ningún problema. Eran ellos los que no me soportaban cuando les explicaba que prefería comerme los espaguetis de lata dentro de la lata.

–Qué pena.

–No, no te creas, ahora estoy aquí. Todo lo demás son solo anécdotas, casualidades que me han permitido llegar hasta aquí, hasta ahora, y tenerte así, para mí, a solas... Te aseguro que todo ha valido la pena por esto...

#MePasaríaLaVidaComiendoEspaguetisDeLataPorTi

Se oye la puerta del piso.

–¿Lola?

Es Pruden, la madre de Lola. Y León, como en un chiste malo, se esconde en el armario.

#LágrimasDeAmor

–Liberto, por lo que más quieras, *salí* del clóset.

–Violeta, no podía subir más rápido, no sabes lo que pesa un violonchelo por las escaleras. ¿Qué le sucede al niño? No me digas que nos salió invertido.

–Matías, no me seas boludo, el niño sufre el mismo dolor de corazón de siempre.

–¿Y no será vergüenza por lo de esta mañana?

–No, más bien te digo yo, que soy su madre, que esto vuelve a tener que ver con la niña esa, la tal Alma. ¡Liberto! ¡Nomás! ¡Decidme qué *querés* para cenar y yo ya no te sigo molestando!

–Quiero cenar con ella, mamá. ¿No lo entendéis? Yo solo quiero hacer algo con ella.

–¿Y por eso lloras?

–Matías, por favor.

–No, papá. Lloro porque me han robado el móvil.

–¡Cómo que te han robado! ¿Quién te ha robado?

–León, un chico del instituto.

–¿Y acaso tú no te defendiste?

–No pude, mamá. Todo el mundo sabe que pelear con él significa perder. Y más yo, que no sé pelear.

–Pues esto no se va a quedar aquí, Violeta. Trae ahora mismo el teléfono y la mesita y el sofá que me siente y llame inmediatamente a ese ladrón que te ha usurpado el teléfono repleto de fotos de esa chica que adoras. ¿Cómo te va a querer una mujer si no peleas a muerte por ella?

–Matías, por favor.

–Ni por favor ni por demás, Violeta. Ahora mismo vamos a resolver esto. Dame, dame. Y tú, sal inmediatamente del armario y dime cuál es tu número de teléfono.

—Seis... seis... seis...

—¿Y qué melodía de llamada tienes: Mozart, Bach, Schubert...?

—No, papá. La de *La guerra de las galaxias*.

#Sarcasmo
#Ironía
#CasualidadesDeLaVida

En ese mismo instante en que la madre de Lola está a punto de interrogar a su hija, encerrada sospechosamente en el cuarto como si allí hubiera habido alguien más... empieza a sonar la reconocida melodía de *La guerra de las galaxias*. La tragedia se aproxima y, como un Darth Vader con bolso de Michael Kors, la madre de Lola abre el armario y León es descubierto como un ladrón con las manos en los bolsillos, mientras la música le da un tono épico muy acorde con la escena.

—¡FUERA DE AQUÍ!

—Perdone, señora.

—¡FUERA DE AQUÍ!

—¡Mamá!

—¡FUERA DE AQUÍ INMEDIATAMENTE!

Y sigue sonando la melodía mientras a León lo destierran por el pasillo hasta el rellano, y encima el ascensor va lento y no llega. Ante esta situación, León decide coger el móvil antes de que la madre de Lola lo convierta en piedra de tanto mirarlo. Se acaba la melodía.

—Sí, ¿quién es?

—¿Cómo que quién soy? Soy el progenitor del propietario legítimo del terminal telefónico que usted ha hurtado.

León sube por fin al ascensor.

—¿Cómo? ¿El padre del chico al que le he cogido el móvil?

Matías se queda sorprendido al pensar que iba a ser él quien impresionaría al inculto ladrón. Advierte a su familia de que el chico no parece ningún desaprensivo.

—Exacto, el mismo soy, y le agradecería sinceramente que nos restituyera *ipso facto* el artilugio, pues en él mi hijo tiene almacenadas cientos de instantáneas tomadas a su amada, y no quisiéramos en modo alguno que tamaña afrenta afectara en lo más mínimo a la honra y hombría que nuestro hijo pueda mostrar en el liceo a los ojos de todos, y de ella más concretamente.

–Ajá, entiendo. Que su hijo no quiere que yo vea las fotos de la chica que le gusta.

Matías vuelve a sorprenderse e insiste, tapando el micrófono, en que el secuaz es taimado y listo.

–Exacto. Restitúyanoslo inmediatamente, por favor.

León sale por fin a la calle.

–Claro, claro, yo les devuelvo el teléfono. Pero a cambio quiero trescientos euros.

A Matías se le escapa un insulto en tiempo futuro con verbo copulativo en tercera persona sugiriendo un oficio deshonroso de la progenitora de su interlocutor.

–Tranquilo, papá. Yo hablaré con él. Ya verás que me lo devuelve. Si en realidad ha sido todo una broma. No te preocupes. Voy a buscarlo.

#Miedica

Cuando León le robó el móvil a Liberto, como quien le quita la cartera a alguien que está desencadenando un *quad*, este no se atrevió a enfrentarse a él. Es más, consintió la humillación de facilitarle el código de desbloqueo delante de todo el instituto. Liberto ni se atrevió a llevarle la contraria, como quien nace árbitro de fútbol y lo mandan a la guerra. ¿Qué podía hacer él? Pues seguirle de lejos con el *quad* y el casco puesto para, al menos, saber dónde tenía la cueva su maldito Alí Babá.

#LaVidaEnQuad

Liberto es una especie de gato con botas, pues su madre, desde pequeño, siempre le ha comprado los zapatos tres números más grandes con la intención declarada de que le sirvan para cuando pegue el estirón. Esa manía materna, con paciencia, ha ido provocando las dos cosas más características de los andares de su hijo: la cabeza gacha y el arrastrar de los pies. Por lo demás, Liberto es un gato con botas que apenas habla, tampoco es que sea patológicamente tímido, pero sí que tiene un miedo acérrimo a que los demás descubran su realidad, sus problemas, sus vergüenzas.

En el dinosaurio cuadrado todos piensan que le gusta ir al instituto en moto, un *quad* de 49 cc en realidad. Pero el verdadero motivo es que ni su padre ni su madre tienen carné de conducir, por lo que era imprescindible que alguien en casa pudiese conducir un vehículo de motor lo antes posible. De hecho, Liberto ha tenido que llevar a su madre al ginecólogo, a su padre al psiquiatra; a los dos, una vez, a urgencias... Incluso el año que alquilaron una habitación de veraneo en Altea, tuvieron que irse los tres con las maletas por la autopista de peaje soportando los pitidos de los coches, y más pitidos, y un camión, y más pitidos... Hasta que los detuvo la policía y tuvieron que llegar al hotel empujando el *quad*.

–¿Qué haces? ¿Me has seguido?

–No.

–Ah, pensaba que sí.

–Bueno, sí. Te he seguido. ¡Quiero que me devuelvas mi móvil!

León mira a Liberto desde el interior de su alma.

–¡Y que no me pegues!

Y León sorprende a Liberto, que no sabe que ahora León ha decidido ser bueno.

–Ten. Perdona por habértelo cogido, pero es que lo necesitaba.

–No pasa nada. ¿Has mirado las fotos?

–Sí, pero no hay ninguna que salga...

–No, hombre.

–¿Te gusta esa chica?

–Sí.

–¿Y tienes moto?

–Sí, bueno, un *quad*.

–¿Pero ella sabe que tienes un *quad*?

–Supongo que sí.

–¿Me lo dejas?

–¿El *quad*?

–Sí.

–Es que no tiene casi gasolina.

–Da igual, si es para dar una vuelta por aquí, pequeña.

–Pero si no tienes carné.

–Que sí que tengo, en serio.

–¿A ver?

–No, no lo llevo encima. Pero en serio que lo tengo. Te lo juro.

–Es que me tengo que ir ya.

–Pero te he devuelto el móvil.

–Ya. Adiós.

Y Liberto también sorprende a León.

22

#AlEscribirPensamos

Al pensar, hablamos con nosotros mismos. La materia de los pensamientos es el lenguaje, las palabras. Nuestro cerebro está repleto de palabras, pero apenas reflexionamos sobre ellas, apenas usamos las palabras para pensar sobre las palabras. No entendemos que, al hablar, y sobre todo al pensar, comunicamos tantas cosas de nosotros mismos que necesitamos soñar para poder entender y asimilar lo que nuestro cerebro nos dice. Porque estamos sordos y no queremos quedarnos solos ante lo desconocido.

Como un boxeador sujetando una carta con los guantes.

–¿Qué haces?

–Leo una de tus postales de amor.

–¡Deja eso! ¡Dame!

–Qué vergüenza me das. Me han dado ganas de castigarte de rodillas contra la pared.

–Yo, ¿por qué?

–Pero ¿tú has visto lo mal que escribes? Se necesitarían mil monos elevados al cubo para escribir por casualidad tan mal como tú.

Como el niño que quiere que le enseñen a boxear y golpea la pera sin saber.

–¡Qué pesados! Que yo no escribo mal.

–¿No te lo han dicho nunca?

–No. ¿No ves que todos los profesores siempre han pensado que era retrasado y me cambiaban de colegio en cuanto me rechazaba una familia? Nunca me han enseñado a escribir.

El entrenador contesta subiéndose al ring.

–No digas tonterías, León, sabes leer perfectamente; por el mismo principio, debes saber escribir.

León guarda sus postales de amor en la mochila.

–Yo no creo que escriba mal.

–Pues escribes mal, pero mal no solo por la caligrafía, que parece la de un niño de seis años, sino porque cometes errores extrañísimos: separas y juntas letras sin sentido.

León se gira e intenta golpear al entrenador fuerte pero sin pensar, como se pelea en la calle.

–Ah, te refieres a eso. Me lo enseñó un gitano amigo de mi padre, para escribir de oído.

–¿Cómo de oído?

–Sí, yo escribía en una libreta y él rasgaba la guitarra. Recuerdo que mi padre y él siempre estaban juntos. Cuando escribo, pienso en golpes de guitarra y voy juntando las letras según sean bulerías o peteneras o seguidillas... Él se pasaba horas y horas en casa tocando la guitarra y bebiendo. Yo creo que lo hacía como una gracia.

–Por favor... Pues debes saber que no tiene ninguna gracia. Somos lo que aparentamos. Y tú aparentas ser tonto cuando escribes.

León quiere irse porque todo lo que dice parecen finales de discusión, no entiende el entrenamiento.

–Es que a lo mejor soy tonto y me tienes que comprar cuadernillos Rubio.

–No, pero te dejaré leer los apuntes de tu madre.

León persigue al entrenador intentando quitarse los guantes para morder mejor.

–¿En serio? ¿Tienes cosas de mi madre? Porque aquí no hay nada...

–No están aquí. Por cierto, ¿quién es esa Lola a la que tanto escribes?

Ahora es su tío el que busca el rincón para descansar y que le echen agua en la cara. Ha vuelto al ring cambiando de tema.

–La chica que atropellé.

–Ah, ¿y es guapa?

–Mucho, es preciosa.

–Ah, ¿y es lista?

–Mucho, la escucho y no entiendo que sea de la misma especie que el resto de las chicas.

–Vaya.

–Sí.

–¿Y no te ha llegado ninguna notificación policial ni denuncia ni nada por atropellarla?

–No, no lo sé. A lo mejor ha llegado aquí y no has abierto el buzón.

–Podría ser. Yo nunca abro el buzón. ¿Y del coche que robaste?

–Tampoco, no sé, supongo que por lo mismo.

–Pues lo más probable es que cualquier día venga la policía y tengas algún juicio o algo de eso.

–Sí, supongo.

–Pronto podrás ir a la cárcel.

–A la gente normal le suelen decir que pronto podrán votar.

León ha lanzado un golpe de derecha directo a la mandíbula.

–Ya. Pero tú no eres muy normal que digamos. Robaste un coche y atropellaste a la chica que te gusta.

–No lo hice aposta. Y no sabía que me gustaba. ¿Me has comprado el móvil?

–No. Me dijiste que ya lo habías robado. Ladrón.

Empiezan a manotearse como púgiles cansados.

–No te lo dije. Y no soy un ladrón.

–Pero me permitiste deducirlo: te vi usando uno, es lo mismo. Y sí eres un ladrón. Has robado de todo.

–Pero porque tú no me lo has comprado. Porque nadie me ha comprado nada nunca.

–No te voy a comprar un móvil. Y te prohíbo que vayas en moto.

Mateo lanza un gancho a la cara, pero le queda un golpe bajo.

–¿Cómo sabes...? ¿Me estabas espiando?

–Vigilando. No tienes entidad suficiente como para merecer ser espiado. Claro que te vigilo, soy tu responsable. Y he visto cómo mirabas el trasto ese tan ridículo que llevaba tu amigo y te prohíbo terminantemente tocar, utilizar o robar una moto.

León se protege la cara con los puños.

–No me puedes prohibir que robe una moto.

–Soy profesor de universidad, puedo prohibir cualquier cosa. ¿Por qué no iba a poder?

–Pues porque eso ya está prohibido. No puedes prohibir lo que ya está prohibido. Sería como prohibirme volar.

León lanza un gancho de izquierda y ambos púgiles vuelven a sus rincones.

–Veo que lees.

–Sí, hasta que me lo prohíbas.

–Mientras no robes para leer y no quieras leer yendo en moto...

Ahora ya solo se gritan desde los taburetes mientras el público abandona la sala.

–¡Pues yo quiero una moto y quiero un móvil!

—¡Estás expulsado del instituto! ¡Lo lógico es que ofrezcas ofrendas para solicitar indulgencia, no que encima exijas premios y dádivas! ¡Y menos una moto!

—¡Y tú te has pasado la vida tirando el dinero y ahora estás arruinado y encima compras un perro!

—¡Aplausos! ¡Por fin entiendes las causas de mi negativa!

—¡Pero no es justo!

—¡Pues claro que no lo es! ¡Ni las enfermedades! ¡Ni la muerte! ¡La justicia es un intento ufano de hacer ver como objetiva la subjetividad del miedo humano!

—¡No te entiendo!

—¡Ni tú ni nadie!

—¡Que quiero una moto!

El tío Mateo se levanta dispuesto a encerrarse en la habitación; lo cual supondrá, si León no lo detiene, que echará el pestillo y le volverá a tocar dormir en el suelo.

Una discusión también tiene golpes bajos, golpes que hacen daño y que no tienen vuelta atrás. Como palabras que son, evanescentes, no podrán ser tragadas de nuevo y olvidadas por el otro, que se quedará encogido de dolor.

—Pues si no me la compras... ¡te juro que salgo ahora mismo y robo la primera que pille! ¡Te juro que...!

Mateo mira al suelo, a la pared, a la calle, a la cocina, a todos lados dos veces hasta que se decide.

—¡Ya está bien! Coge a Domingo y ven conmigo. Quizás así entiendas que eres un ignorante estúpido, igual que tu padre.

#MiPadre

En la calle hace frío. Subiendo por la acera, tío y sobrino caen en la cuenta de que noviembre llegará pronto y de que el perro siempre hace caca en el mismo árbol y los mira a la cara cuando lo hace. Subiendo un poco más, hay un pequeño callejón que apesta a orines y vómitos. Mateo se detiene frente a una persiana gris, tan sucia que parece que no la han levantado en años. Saca un mando del bolsillo y lo aprieta. La persiana sucia se despega del suelo y comienza a abrirse como una cueva secreta. Mateo mete la mano dentro y enciende una luz de neón que ilumina ese trastero lleno de cajas, folios, trastos y...

–¿Eso es una moto?

–Son los apuntes de la carrera de tu madre, eso era lo que quería que vieras. Pero tú has visto la moto. Está rota, solo es chatarra. Estos son los apuntes.

–¿En serio? ¿Y qué moto era? ¿Por qué la desmontaste?

–Una Yamaha XJ600 *cafe racer*. Sufrió un accidente.

–¿En serio?

–Sí, es obvio. No pensarás que voy a bromear con algo así, mira las piezas.

–Claro, claro. Pero... no pasó nada grave, ¿no? ¿No pasó nada con mi madre, con mis padres?

–Claro que pasó, mira cómo está.

Mateo se queda absorto mirando las piezas diseminadas de la moto.

–¿Con mi padre?

–Eso es asunto tuyo. Si no lo recuerdas, yo no puedo ayudarte.

–¡Claro que es asunto mío! ¡Y claro que puedes, puedes decirme lo que pasó con esta moto, quién tuvo el accidente!

León ruge, pero enseguida se da cuenta de que su tío está mirando al suelo, a la pared, al techo. Y miraría a la cocina si la hubiera.

–No, no pienso hacerlo. Bastante dolor hay ya.

Ambos se quedan callados mirando las piezas. Ya han sido demasiados golpes bajos por una noche.

–¿Era rápido?

–¿Quién?

–Mi padre.

–Mucho.

–Entonces... ¿me la regalas?

–No, en absoluto. ¿De dónde has sacado esa idea tan absurda?

–Y entonces, ¿por qué me has traído a verla?

–Te he traído para que vieras los apuntes de tu madre, pero tú no les has hecho ni caso. Tú solo has visto la moto.

–Sí, los he visto. Pero me podrías dejar montarla.

–No. En absoluto. Además, está rota.

–¿Y si la arreglo?

–No. Ni se te ocurra intentarlo.

–¿Y si te prometo que, mientras la intento arreglar, no robaré ninguna otra moto?

–En ese caso... no. A mí no me preocupa que robes otras motos. Si te matas, tendré un problema menos, punto.

Hay golpes bajos que dejan al contrario tirado en el suelo. Y que además no eran necesarios porque ya estábamos todos vestidos a punto de irnos.

Y Mateo comprendió que no podía ponerle puertas al desierto.

Quizás por eso, por la mañana, el mando del trastero se le quedó olvidado dentro de la nevera cuando Antonio el torero vino a buscarle.

–Me voy. Saca al perro.

Pero no obtuvo respuesta ni del perro ni del león.

23

#TeQuiero

Lola está expulsada por culpa de su madre, no porque la pillaran enrollándose con León. Bueno, sí, también por eso. Ahora subraya el libro de Historia y lee Twitter, mezclando ambas cosas para obtener un presente confuso. También fue mala suerte que su madre los pillara. ¿Quién se iba a imaginar que se suspendería el juicio para condenarla a ella?

#MeQuieres

León sí está montando la moto. De hecho, si pudiera imaginarse el paraíso de Adán y Eva en esos momentos, sería un taller repleto de motos por montar... y Lola.

De pronto, golpean la persiana bajada.

#LaQuieres

–¿Quién es?

–Soy Liberto.

–¿Y cómo sabías que estoy aquí?

–Me lo ha dicho tu tío, que no has ido a comer.

La persiana chirría al elevarse.

–¿Tienes tu móvil?

–¿Me lo vas a volver a robar? Tu tío dice que eres un ladrón.

–No. Necesito ver un tutorial de cómo se montan estos carburadores.

–Es que no me quedan datos.

–Tío, eres un tacaño.

–Vale, pero espera que te lo ponga a baja resolución.

León trastea con el móvil mientras Liberto mira. Estampa exacta de dos adolescentes en cualquier planeta de la galaxia.

–No sale nada.

–Esto son las láminas de admisión, eso lo sé. Las tienes que montar al revés, por eso no te encajan. Además, tienes que darle la vuelta a esta pieza y te faltan los filtros de aire.

–¿Y tú cómo lo sabes?

–Mi padre me compró el *quad* por correo en Aliexpress y venía desmontado porque así era más barato. Cuando llegó, primero lo montó mi madre y le salió una lavadora portátil, luego lo montó mi padre y le salió un *transformer*. Al final tuve que aprender algo de mecánica si quería utilizarlo en algún momento...

–Pues ayúdame.

–Si tú me ayudas a mí...

–¿En qué quieres que te ayude?

–Creo que Alma me ha reconocido esta mañana en el instituto.

–¿Qué Alma? Que te ha reconocido, ¿de qué?

–De cuando intenté quedar con ella en el piso.

–¿En qué piso?

–Un piso que tienen mis padres de cuando mi madre servía en casa de una señora y la señora se lo dio pero nadie lo sabe.

–No me entero de nada.

–Que creo que Alma piensa que yo la quise secuestrar.

–¡Así que fuiste tú!

#YoQueríaDeclararme

Liberto agacha todavía más la cabeza.

–Sí.

–Pero ¿la querías secuestrar de verdad?

–No, de mentira. Yo no quería secuestrarla. Yo quería declararme. Pero se me atascó el cierre del casco y no podía quitármelo. Intenté aflojarlo con una percha, pero nada. Hasta me tiré al suelo para romperlo, pero tampoco. Cuando llegó Alma, estaba desesperado y me fui a la cocina y cogí un cuchillo para cortar la correa. Pero entonces ella entró corriendo y me vio con el casco y el cuchillo y salió disparada por el balcón. Y yo me asusté todavía más y me fui corriendo también.

–¿En serio? ¡Qué patético!

–Ya. Soy tonto. Y ahora Alma pensará que soy un pervertido y jamás sabrá que en realidad soy tonto y tímido.

Ambos se quedan en silencio.

–¿No se supone que tendrías que animarme un poco ahora?

–¿Yo? ¿Por qué?

–Pues no sé, por solidaridad aunque sea. Deberías decirme que fue todo un accidente, que, si se lo explicamos, ella lo entenderá... Animarme, no reírte de mí. Decirme que hablarás con Lola y que ella le dirá que soy tonto y tímido y que me perdone.

–Pues... Es que eres un bicho raro con un casco y un cuchillo. No veo yo nada que te pueda animar, la verdad.

–Ya.

Vuelve el silencio.

–Pues si tú no me animas, yo no te ayudo con la moto. Imbécil.

–La verdad es que yo creo que le gustas.

–¿En serio?

–Sí. Piénsalo: si no te ha denunciado es porque algo le debes gustar.

–Eso es verdad. O a lo mejor es solo que le doy pena.

–No, por pena te hubiera denunciado y luego hubiera quitado la denuncia. Créeme, eso me pasó a mí. Si no te ha denunciado es porque algo le gustas.

–Entonces, ¿qué hago ahora?

–Pues no sé, piensa en cosas que le puedan gustar a ella y hazlas.

–¿Y si intento declararme otra vez?

–¿Con casco o sin casco?

–Sin casco.

–Vale, puede funcionar. Pero... ¿antes me ayudas con la moto?

–Vale.

–No eres mal tío.

–¿Se lo dirás a Lola?

–¿El qué?

–Que no soy mal tío.

–¿Por qué quieres que le diga a Lola que no eres mal tío?

–Porque Lola es la mejor amiga de Alma. Y si se lo dice ella, sí que lo creerá.

–Ah, vale, bien pensado. Se lo diré si tú me ayudas con la moto. Así, yo tendré la moto y tú podrás tirarle los trastos a Alma.

–Vale.

Durante horas intentan comprender el antiguo funcionamiento de las piezas, identificarlas, unirlas para reconstruir esa vieja moto XJ600 *cafe racer* que alguien pintó de negro mate. No se cuestionan si la romperán o si cometerán algún error de montaje que cause su muerte por un fallo de frenos. Son adolescentes, no piensan, hablan como si supieran lo que dicen, como si acabaran de inventar el mundo entero. Son ridículos, sí, pero cualquiera volvería a serlo.

Cuando ya es de noche, cuando ya tienen las manos frías de tanta tuerca y pieza suelta, suenan golpes en la persiana. Ambos imaginan que será Mateo Buendía, pero no: es Elena, la última chica con la que se enrolló León antes de atropellar a Lola.

#ElRencor

Olvidamos lo que hemos hecho con una facilidad pasmosa: lo que comimos, la última conversación en el ascensor, lo que nos dolió, la ropa interior que llevábamos ayer... Y, sin embargo, el rencor lo recordamos con detalle, como si fuese algo indispensable para sobrevivir. Para saber quiénes somos, deberíamos analizar a quién odiamos primero. Y por qué.

#ElenaQuiereGuerra

Les van a quitar la casa. El padre de Elena ha llegado a un acuerdo para que el banco se la quede, y se van a ir de alquiler a un piso por donde vivían antes. Elena se hincha a llorar encerrada en el baño, culpando a su padre, llamándolo inútil en silencio, que es la peor forma de gritarle a un padre. Elena piensa que todos los hombres son inútiles y le manda un WhatsApp a su exnovio, a Pepe «el Pequeño», quien le contesta enseguida con emoticonos estúpidos y besitos de un tonto que te quiere.

–Quiero que me lleves a un sitio.

–¿Adónde, mi vida?

–A la calle de la tienda de juguetes. Y que me esperes allí hasta que acabe.

–¿Qué tienes que hacer?

–No te importa, tú llévame.

–Pero... ¿estamos juntos otra vez? Dame un beso por lo menos.

–No, arranca, venga.

#UnTontoQueTeQuiere

Y además alardea de ello: de que es tonto, no de que quiere a Elena. Pepe «el Pequeño» piensa que estudiar es para pobres y presume de que su padre tiene una empresa de construcción y vive en un ático dúplex y todas las tías se quieren enrollar con él y casi lo ficha el Real Madrid de cadetes.

Elena le dice que pare y que se espere ahí, y él se sienta en un banco y se entretiene apostando con el iPhone 6 que siempre enseña a todo el mundo porque es el único que lo tiene en el instituto.

Ese es él. Y encima le dice a Elena que no tarde.

–Te estaba buscando. Tu tío me dijo que estabas aquí.

–¿Cómo has sabido dónde vivía?

–Me lo ha dicho Alma.

–¿Y cómo sabe Alma dónde vivo?

–Porque Alma le pidió al novio de una amiga que siguiera al pervertido este con la moto para saber dónde vivía.

–¿Y qué quieres?

–¿Estás con Lola?

–Sí. ¿Qué quieres?

–Que se vaya el pervertido este y que bajes la persiana.

–No es un pervertido, os equivocáis, es un buen tío.

–Que se vaya.

–Liberto, vete, por favor.

–Ahora. Apaga la luz.

#LoProhibido

A León le vuelve loco lo prohibido. Desde el momento en que entiende que Elena está prohibida para él, que no puede besarla, que un cataclismo caería sobre él si la toca... no hace más que pensarlo una y otra vez. Y a Lola le dolerá que lo piense. Pero si su dolor ya ha empezado, tan solo es una cuestión de cantidad. Y si se enfada, él dejará de ser de Lola y volverá a ser libre. León no entiende ni el pasado que busca en esa moto desmontada ni la voz de su cabeza que le empuja a estrellarse a oscuras. Concretamente, contra Elena, entre cajas de cartón, como las ruinas de Troya.

Por su parte, Elena está enferma de soledad, una enfermedad real, conocida, estudiada, medicada, triste... que es cuando todo te duele y solo te calma que te deseen.

Y el tonto de Pepe, esperando en un banco.

#NoTardes

Ahora ya es tarde. León sube a casa con las manos manchadas de la moto y la piel devorada de Elena. Caer en el pecado es algo vergonzoso, pero arrojarte hacia él como un kamikaze te da prestigio. O eso parece. El problema es que León todavía quiere ser bueno.

–¿Qué has hecho, León?

Mientras Elena se marcha victoriosa tecleando en el móvil con una sonrisa, su tío le demuestra que es un cotilla que espía la calle por la ventana durante horas, y domingos enteros, pues no tiene nada mejor que hacer en su vida de soltero.

–Yo intento ser bueno, tío, son ellas las que me piden que sea malo.

–¿Qué has hecho, León?

–He decidido morder la manzana.

–¿Y qué se siente?

–Es agradable.

–¿Y la pérdida?

–No hay ninguna pérdida.

–Has elegido morder la manzana, dices. Pues toda elección implica una pérdida, León.

–No. Para mí no.

–Para todo el mundo, León. Si has elegido, has desechado una de las opciones, pierdes una alternativa. Es por eso que la gente no se decide nunca.

–¿Y tú?

–Yo no he tenido que decidir nunca, se llama soledad voluntaria.

–¿Y por qué lo decidiste?

–Eso ya no importa. Ve a pedir perdón a esa chica, a la que le escribes postales.

–¿Cómo sabes...?

–Si has dicho que has elegido es porque había otra chica que confiaba en ti.

–No quiero, no pienso pedir perdón nunca más. Soy así, no puedo pasarme la vida esforzándome por ser bueno. Es estúpido que tenga que decir que no a algo que me apetece hacer. Si me va a gustar, es un buen acto; si no me va a gustar, es un mal acto. Me canso de ser bueno.

–¿Y las consecuencias?

–¿Qué consecuencias?

–Todos los actos humanos tienen consecuencias, León. ¿Crees que tus actos les gustarán a las personas que te rodean? Si algo te provoca placer a ti pero dolor a alguien cercano, ¿es bueno o es malo?

–Depende.

–Nunca respondas «depende», eso es lo que responden los imbéciles cuando no saben qué decir.

–Quizás sea un imbécil.

–No, no lo eres. Tan solo eres egoísta.

–Yo solo sigo mi instinto, es lógico que sea egoísta. Si los animales no fuesen egoístas se morirían de hambre. Lo estúpido y lo antinatural es no ser egoísta. Todo lo demás, la solidaridad, la bondad, os lo habéis inventado los filósofos para que los más fuertes no nos comamos a los más débiles.

–¿Y tú eres fuerte?

–Por supuesto.

–¿Por qué?

–No lo sé.

–Yo te diré por qué. Porque estás solo y no tienes nada que perder. Al contrario que un padre que defiende a sus hijos, tú eres un león solitario. No quieres ser débil, no quieres que te puedan quitar nada, por eso prefieres elegir y perder por tu propia voluntad antes de que alguien te vuelva a rechazar. Es tu miedo al rechazo lo que te hace comportarte así.

–Estoy de acuerdo. Lo sé, lo sabía antes de que tú me lo dijeras. Pero voy a seguir haciéndolo porque la otra alternativa tiene menos territorios por conquistar.

–Pero a cambio te da una patria a la que volver, un territorio que amar.

–¿Quieres decir que Lola es mi patria?

–No, quiero decir que esa chica no se merece el daño que le vas a causar.

–Pero es que yo puedo hacerlo, es algo tan simple como eso. Si puedo estar con todas las chicas que quiera, ¿por qué no debo hacerlo?

–Porque no eres un animal, León, sino un ser humano. El animal no razona sobre las consecuencias de sus actos. No importa lo que puedas hacer, debes someter tu voluntad a un bien común con tus congéneres para protegerlos y sentirte protegido, debes pertenecer a la manada.

–Yo soy un león, tío, no quiero pertenecer a ninguna manada de ovejas. No me podéis obligar a que deje de ser un león y me convierta en otra oveja más.

–Pues... va, da igual, ten, un regalo.

León recoge de manos de su tío la caja precintada de un teléfono móvil y se encierra en su habitación, sinceramente emocionado. De ese modo, mientras Domingo desiste de subirse a la cama y se despanzurra encima de la alfombra, León le pone su vieja tarjeta a su nuevo móvil.

–¡Te he firmado un contrato vinculado a esa tarjeta! ¡Ahora tiene datos y voz o algo así!

–¡Gracias!

–¡Podía no haberlo hecho!

–¡Ya!

–¡Pero consideré que era mi deber! ¡Si eres bueno, obtienes premios, León! ¡Si eres malo, tarde o temprano obtendrás castigos!

Al rato, León vuelve a aparecer por el comedor acompañado de Domingo. Se ha vuelto a poner la chaqueta.

–¿Adónde vas? ¿A pedir perdón?

–No, yo nunca pido perdón. Me voy con la moto. Ahora que tengo internet en el móvil sí que puedo terminar de montarla.

Mateo calla.

–Tío.

–¿Qué?

–La moto no era tuya, ¿no?

–No: era de tu padre.

–Y el accidente.

–También.

24

#TeOdio

Son las cuatro de la madrugada. La moto aún es solo un chasis sin ruedas. Vibran mensajes en su móvil, pero León está en silencio, durmiendo sobre unos apuntes de Nietzsche entre cajas de cartón.

«Están pasando un vídeo. Sales a oscuras con flash. Y estás con Elena».

«Te odio».

«Te odio».

«Eres un...».

«Ojalá te caigas».

«Te odio».

«¿Por qué?».

«¿Por qué?».

Y León deja el móvil sobre los apuntes de Nietzsche, se despereza, tiene sueño. Hace frío y le duele algo como dentro del alma, pero lo ignora. Habrá más mensajes, pero él seguirá montando la moto.

Por la mañana, es su tío quien lo despierta subiendo la persiana. Pero León no ha dormido.

–Sube a casa, desayuna y acuéstate. Tú no sabes montar esta moto.

–Era de mi padre, ¿no?

–Sí.

–Pues entonces es mía, puedo hacer con ella lo que quiera.

–Eso es mentira: no te la puedes comer.

León se queda callado, con los ojos rojos de no haber dormido, y de repente, como quien se tropieza, se echa a llorar sobre su tío. Es curioso porque León no sabe llorar, solo gemir. Desesperadamente. Lo cual a su tío, con su edad y sus manías, le resulta más incómodo que triste. Aunque no por ello ceja en el abrazo. Largo, muy largo...

Por fin, León deja de gemir y accede a subir a desayunar.

–¿Qué fue lo que hiciste? ¿Lo que yo creo que vi?

–Sí. Me enrollé con otra.

–Lo cual implica la existencia de una.

–¿Por qué no quisiste hacerte cargo de mí?

–Porque te odiaba.

#TeOdiaba

León se queda parado, no entiende.

–Odiaba a tu padre y te odiaba a ti por lo que le hicisteis a tu madre. Busca a esa chica y pídele perdón.

–¿Qué le hicimos?

–Tu madre estudiaba Filosofía, era tres años mayor que yo, estos son sus apuntes. Pero un día apareció tu padre con esa moto, ella se subió y se fueron. Cada vez tardaban más en volver, hasta que un día no volvieron. Tu madre llamó diciendo que estaba embarazada pero que no iba a volver, que le mandáramos dinero. Y nunca la volvimos a ver. Nunca volvimos a ser una familia.

–Yo no tengo la culpa de eso.

–No. Pero eres igual que tu padre.

–Tampoco tengo la culpa de eso. Y tampoco te creas que me apetece saber mucho más de mi pasado. Yo vivo el futuro.

–Eres tonto. Pídele perdón a esa chica. A las dos.

–No, no quiero, tú no lo entiendes. Yo no tengo la culpa de nada, son mis circunstancias. Si alguien me busca, yo no tengo la culpa. Además, que no quiero dejar de ser un león. ¡Déjame! ¡Eres un solterón amargado y te has pasado la vida culpando a los demás de tu...!

Se oye un bofetón.

#UnFilósofoQuePega

Una vez bajada la persiana, en su madriguera, León se sienta en las cajas de cartón y piensa que le ha tenido que tocar el único filósofo que pega. Aunque ahora seguro que estará arrepentido y le tratará mejor, lo que le duren los remordimientos.

León se da cuenta de que no le apetece seguir con la moto. Mira a su alrededor, está rodeado de apuntes y libros de filosofía. Podría pasarse meses, años enteros, comprendiendo todo el conocimiento del mundo desde la antigua Grecia hasta... Coge un folio al azar, lo empieza a leer, enseguida lo tira y... Y se va corriendo a buscar a Lola.

#LolaEnSuCastillo

Lola no puede enfrentarse a Elena porque va en silla de ruedas. Por eso no quiere ir al instituto y, cuando su madre le insiste, le dice que León la está esperando en los váteres. Frase absolutamente desagradable que obtiene como resultado el más absoluto miedo materno y la consiguiente autorización para permanecer en el hogar.

Media hora después, Lola está en el sofá viendo la teletienda de por las mañanas, sin haberse lavado los dientes. Llaman al timbre de arriba. Lola no contesta. Además, le duele la tripa y tiene retortijones. Se oye cómo pasan un papel por debajo de la puerta (en realidad se ve porque el sofá da al pasillo de la entrada). Al principio hace como que le da lo mismo y sigue mirando el aparato ese de hacer abdominales, pero al final la curiosidad le puede y arrastra su pierna escayolada hasta la puerta.

Reconoce la letra de León con sus abominables faltas de ortografía porque junta las letras como le da la gana. Lola se apoya en la pared. Ambos se hablan a través de la puerta de su castillo, él fuera y ella dentro.

–Déjame en paz.

–Déjame entrar.

–No puedes.

–¿Por qué?

–Porque me estoy duchando.

–Pero si te estoy oyendo.

–Porque hablo alto. Estoy en la ducha sin escayola y aclarándome el pelo.

Lola se aguanta otro retortijón mientras se pasa la lengua sucia por los dientes y cae en la cuenta de que aún lleva la ropa de dormir.

–Déjame entrar, por favor.

–No. Te podrías haber enrollado con cualquiera menos con esa. Es que tenía que ser precisamente esa.

–Lo siento.

–Me da igual que lo sientas. Se me ha olvidado la toalla en la habitación y tengo que cruzar el pasillo. No mires.

–Pero si estoy detrás de la puerta, y te estoy oyendo. Déjame entrar.

–No, me vuelvo a la ducha.

Lola se quita una legaña sentada en el suelo.

–Déjame entrar.

–No, me voy a duchar hasta olvidarte.

–Déjame que te invite a un viaje.

–¿Adónde?

–En el quince.

–¿En el autobús?

–Sí.

–No, prefiero seguir aquí enjabonándome.

–Por favor.

–No.

–Por favor.

Lola ya no se puede aguantar más los retortijones. Tendrá que decirle que sí.

–Vale. Pero espera.

–¿A qué?

Lola se arrastra con urgencia hacia el cuarto de baño.

–¡Tengo que pintarme las uñas! ¡Tardaré un poquito! ¡Espérame abajo!

Y tan solo tarda una hora y cuarenta y tres minutos de espera en un banco. Cuando León se levanta para ayudarla empujando la silla de ruedas, Lola se detiene. Se ha puesto minifalda.

–¿Vamos?

–No. No voy a ir a ningún lado contigo.

–¿Pero no has dicho que te venías conmigo en el autobús?

–Tú también dijiste que me querías. No quiero verte más. No quiero verte nunca más.

Y cierto es que para eso bajó y volvió a subir a su casa, dejando a León de pie en la acera con los bolsillos llenos de excusas.

#Apologize

Lo que León nunca llegó a saber fue que Lola esperó a que se marchara, volvió a salir de su portal y se fue a la parada del autobús. Se subió al número 15 por la rampa de acceso para minusválidos y pidió ayuda para que le ataran la silla de ruedas con el cinturón de seguridad.

Luego, una vez frenada, sacó su móvil con la pantalla rota, se colocó los cascos y se puso a escuchar *Apologize* una y otra vez, como la banda sonora de un vídeo triste que recorre barrios de las afueras en un autobús que se va quedando vacío. Como esa sensación de déjame sola pero no te vayas.

#FinDeTrayecto

Lola sabe que todo ha cambiado, y que solo puede esperar, en la parada, a que llegue el olvido.

25

#LaCostumbreDeOlvidarte

Todas las enfermedades nos recuerdan lo felices que fuimos mientras estuvimos sanos.

#SobreTodoElAmor

Y pasó un mes, llegó diciembre y todo pareció haber sido así siempre. León por fin reconstruyó la XJ600 para llevar a Elena al instituto. Y para huir, todos los días, hasta convertir el dolor en una rutina.

Era lógico que pensase en Lola, no en ella como una fotografía, sino en todo lo que se escondía dentro de su nombre y que parecía haber estado allí siempre, esperándole. Lola era Lola. Y León se convencía a base de café y tuercas de que confundía la culpa por haberla atropellado con esa desesperación por abrazarla que a veces le asaltaba en la calle. ¿Se habría fijado en ella de no haberla estampado contra el alquitrán? ¿Se habría dado cuenta de la existencia de su sonrisa si no la hubiera hecho llorar?

Pero Lola implicaba la responsabilidad de atarse a ella sin mentir, sin plan de fuga, sin la posibilidad de desaparecer como un mago que encima espera a que le aplaudan. Serían demasiados los remordimientos al cabo del tiempo, cuando ella descubriera que todo había sido mentira siempre, que ya se lo habías advertido, que era todo perfecto pero que tú te irías algún día. ¿Por qué? Pues porque eres así, porque no puedes estar atado a nadie, ni siquiera al amor de tu vida.

#¿YSiSoyElAmorDeTuVida?
#PuesMeInventaréOtraVida

Elena es diferente. Está enferma de soledad y sabe que todos los besos son de mentira, que todo es una obra de teatro que parece divertida, pero acabará llorando. Y si a veces no lo sabe, León le da pistas: no la llama nunca, no le interesan sus amigas ni sus tonterías, no recuerda su cumpleaños, no sabe si tiene hermanos... Si ella le pone a prueba y no le manda ningún mensaje, León jamás se acuerda.

Pero Elena lo sabe, sabe que todo es mentira, que no la quiere, que la acaricia por pasar el rato, por esperar a que venga algo mejor o porque huye de Lola. Y dice que no le importa. Pero acabará llorando porque está enferma de soledad y porque nadie quiere que la besen por no poder besar a otra. León lo sabe, pero tampoco le importa. Elena es fuerte, lo superará, y si no, se la devolverá a su novio y al final hasta les habrá hecho un favor.

#BichoRaro

León jamás vuelve a saber nada de Liberto, el chico este tan raro que al principio le iba a ayudar. Incluso una vez lo adelanta en el instituto y ni se saludan.

Por su parte, el tío de León cada vez está más tiempo en casa, pero no habla, se pasa las noches y los días leyendo. Por lo que León ha tenido que montar la moto él solo con cuatro herramientas y un taller de coches que tenía calle abajo.

–Hola.

–Hola, ¿podemos ayudarte?

–Sí, bueno, es que me estoy montando una moto y me falta una llave dinamométrica para apretar los tornillos de la culata.

–¿Y qué quieres?

–Saber si usted me la podría prestar un momento.

–Esa llave seguramente valga más que tu moto, chaval. Lo siento, pero no.

–¿Y si le barro el taller cuando vaya a cerrar?

–No.

–¿Y si le barro el taller y le limpio los cristales?

–No.

–¿Y si le limpio de virus el ordenador?

–No. Pero si me pintas la fachada, te dejaré la dinamométrica e iré yo contigo y te enseñaré cómo se usa.

–Vale.

–Ah, y lo del ordenador también. ¿Cómo sabías que está lleno de virus?

–Era probable.

–Vale, esta tarde te vienes a limpiar a las siete y mañana a las seis vuelves para pintar.

–¿Y la llave?

–Cuando yo diga.

Es decir, que León miente cuando dice que montó la moto él solo y les explica a otros moteros que tuvo que adelantarle el punto de encendido para que corriera más a tope de gas. Y no entiende que todos le escuchan y piensan que no tiene carné y que alguien debería denunciarlo a la policía para que todos vean cómo lo detienen y puedan reírse del hijo de los mendigos. Pues a mí me han dicho que ha ido robando las piezas, que uno de mi barrio tiene un amigo que le robaron la moto y luego vieron que el manillar lo llevaba él. No, al instituto ya no viene, le dijeron que no lo podían expulsar, pero que se fuera a su casa. Sí, pero se enrolla con Elena. Sí, pero a mí me da pena Lola. ¿No dijo Pepe «el Pequeño» que le iban a dar una paliza entre todos? Sí, siempre están hablando de eso, de ir a buscarle a su garaje y darle una paliza y romperle la moto, pero ahora hace frío, luego, otro día. Pobre Lola. Está sonando el timbre.

#LaCostumbreDeOlvidarte

Es muy difícil no pensar en León cuando arrastras una escayola en tu pierna por su culpa. Entre otras cosas. Aunque, por suerte, a Lola le han cambiado la escayola y le han puesto como una metáfora del dolor mitigado: otra más pequeñita solo hasta la rodilla. Ahora ya puede andar con muletas para ir al instituto y pararse a mirar el móvil a la pata coja y coincidir todos los días con León llevando a Elena en la moto negra. O con León huyendo en la moto negra. O con León. O con León. O con León...

–Lola, olvídalo.

–Ya. Pero no puedo, Alma.

–Pues olvídalo.

–Es que todos los días me levanto con la idea de olvidarlo y al momento me doy cuenta de que la propia idea de olvidarlo me recuerda a él.

–Tía, te estás quedando tonta. Hablas raro. Todo el mundo lo dice. Hasta los profesores, hasta tu madre lo dice. Te pasas el día leyendo libros de Moccia y de Blue Jeans, ¿qué tal está este?

–Bien, son siempre lo mismo, pero me gustan.

–No me cambies de tema, que te estás volviendo loca. Que todo el mundo lo dice.

–Pues yo pienso que los locos sois vosotros. Porque no podéis sentir lo que yo siento.

–Tía, ¿tú te oyes? Échate novio, ponte gafas, lo que sea, pero haz algo ya, porque has pasado de dar pena a dar bastante asco. Y, por favor, deja de hacerte tatuajes con su nombre.

–No puedo. Me aburro, cojo el móvil y me salen. Es que me calman.

–¿Pero no te das cuenta de que todo el mundo te los ve? ¿No entiendes que todos piensan que te has vuelto loca?

–Me da igual.

–¡Que dejes de decirme que te da igual, que me da mucha rabia!

–Vale.

–Y tampoco escribas cosas de esas de él en las puertas de los baños.

–Son poesías de Pedro Salinas.

–¡Que me da igual, Lola, que te lo digo por tu bien, que no lo hagas! ¡Ni eso ni peinarte así ni ponerte esa ropa ni llorar en todas las clases!

–Vale. Gracias, Alma. ¿Tú qué tal?

–Pues igual, tía, como siempre.

–¿Aún se te declara el chico este?

–¿Liberto? Sí, tía, todos los días. Me dice que me quiere y luego se va corriendo, así, con el casco puesto, que ayer se estampó contra un árbol. Qué tonto.

–Ya, si me lo dijo León, que es muy buena persona.

–No sé, a lo mejor una tarde dejo que me secuestre. Pero mi padre se muere si algún día se entera de que fue él.

–Tienes síndrome de Estocolmo.

–¿Qué es eso? ¿Lo de no poder ir al váter?

–No. Fue la hija de un rico a la que secuestraron y que acabó haciéndose amiga de los secuestradores.

–¿Sí? Pues bueno. Y tú tienes síndrome de «estonocomo».

–Ya, es que no tengo hambre.

–Pues come, tía.

–Ya. Y encima mi madre me vigila todo el rato, me quita el móvil, me lo devuelve... Mi padre se pasa el día y la noche en la radio por no verla y discutir. Creo que se van a divorciar.

–¿Por tu culpa?

–Sí, no sé. Yo me enamoro y ellos se divorcian.

–Si se divorcian, ¿con quién te quedarías?

–Con mi padre, claro. A mi madre no la aguanta nadie, y menos amargada y divorciada. Pero sería por poco tiempo, en 18 meses cumplo los 18 y me podré ir con León.

–Tía, tú estás loca, ¿tú te oyes?

–Sí.

–Tía, te juro que hago cualquier cosa, lo que sea, para que te olvides de ese imbécil. ¡Pero si es que es un chulo!

–Ya, pero eso es solo fachada. Luego, cuando lo dejas, es como tierno, como un niño, como si dejase de ser un león y se convirtiera en un gatito que puedes...

–¡Pero qué rabia me da! ¡Te juro que haría cualquier cosa para que te olvidaras de él!

–Ya, y yo también te quiero mucho, Almi. Pero es imposible que lo pueda olvidar.

–Pero ¿por qué?

–Porque no quiero.

–Pero es que te lo estás inventando, tía, él no es así. De tanto llorar y pensar en él, de tantos libros de estos, te has hecho una imagen perfecta de él que no existe.

–Ya, pero sí que existe. Lo que pasa es que los demás no lo conocéis.

–¡Tía, qué ganas de ir allí y partirle la cara! Menos mal que no lo veo por el instituto, que si no...

#AdiósInstituto

Es cierto: León jamás volvió al instituto. Una mañana, antes de que su tío se marchase, se lo dijo.

–Hola, Antonio, buenos días. ¡Tío, Antonio está aquí!

–¡Ya voy!

–¡Tío, que no voy a volver al instituto!

–Me parece bien. No te iba a servir de nada.

–¡Que quiero bajar al garaje y leerme los papeles de mi madre!

–¡No!

–¿Por qué?

–¡Porque no!

–¡O sea, mi padre me deja una moto y mi madre unos apuntes de filosofía! ¡La moto la puedo coger y matarme, pero los apuntes de filosofía no los puedo leer!

–¡Correcto!

–¿¡Por qué!? ¿¡Qué puede ser más peligroso que una moto!?

–¡El que la conduce!

–¡No me has respondido!

–¡Porque prefiero que te estampes con la moto como tu padre a que desaparezcas sin despedirte como tu madre!

#LaMalditaCazadoraNegra

Es diciembre y hace frío, ese frío que te congela los pies cuando vas sin calcetines. A León ya no le quedan pares y su tío esconde los suyos en un cajón bajo llave. Y es raro, porque siempre ha tenido el detalle de dejarle calzoncillos, unos vaqueros, unas botas de invierno y hasta una cazadora de cuero negra...

–¡¿Qué haces con eso?!

–No sé, me la he encontrado en una maleta en tu armario.

–Quítatela, por favor.

–¿Por qué? No es tuya, ¿no?

–No, ya lo sabes. ¡Quítatela!

–Era de mi padre.

–Sí.

–No me la pienso quitar.

–Haz lo que te dé la gana. Debí haberla tirado hace años y debí haberte dejado en la calle.

Desde entonces, León nunca se quita esa cazadora a la que le examinó los bolsillos como Frodo buscando el anillo. Su tío no le habla cuando la lleva puesta, de modo que o se la quita o siguen callados ambos, como un matrimonio de ajedrecistas.

#PrimumVivere

Y después de tres días seguidos muriéndose de asco, León por fin decide leer los apuntes de su madre. No hace más que subir cajas y más cajas, mientras su tío da clases o permanece encerrado en su habitación sin hablarle.

Pero León tiene toda la razón del mundo: quiere saber quién fue su madre y este perro huele mal. Debería meterlo a la bañera.

Todo parecía indicar que bañar a un bulldog como Domingo sería harto difícil, pues gruñiría, se negaría, tiraría agua, patalearía, arañaría las paredes queriendo salir... Pero lo cierto es que Domingo no hace nada; bueno, se queda quieto mientras el agua le llega hasta el cuello y entonces la tensión le afecta por algo y... se hace caca en la bañera.

–Ese perro se ha cagado.

–¿Qué haces aquí? ¿Por qué has vuelto de la universidad?

–He venido a decirte que el perro se ha cagado.

–No, en serio.

–Vacaciones de Navidad.

–¿Y no lo sabías?

–No. Tú tampoco.

–Pero yo es que ya no voy al instituto.

–Y yo tampoco.

–¿Qué vas a hacer?

–No lo sé. En realidad me han dicho que me tome una temporada sabática.

–¿Qué quiere decir eso?

–Que me han obligado a cogerme una baja por depresión.

–¿Por mi culpa?

–No. Por la mía.

–Pero tú no tienes depresión, ¿no?

–No. Pero lo parece.

–Pues tómatelo desde el punto de vista positivo...

–No hay ningún punto de vista positivo. Ortega era imbécil, el mundo no es un cúmulo de perspectivas. La visión de las cosas sí que se crea por una acumulación de opiniones, pero la realidad no necesita de puntos de vista. No es lo que parece, es lo que es: me van a despedir.

–Yo leí a Ortega y Gasset, un libro sobre el amor.

–Yo me los leí todos, y mira de lo que me ha servido.

Silencio incómodo. Parece que el perro se arrepiente de haber hecho caca en la bañera, y ambos miran a su tío con cara de pena.

#DeindePhilosophari

Y entonces Mateo Buendía se encierra en su habitación. Y no sale. Y León le toca a la puerta y le dice que le ha hecho un sándwich en la cocina, o que se va con la moto, o que Antonio el torero le está esperando en la puerta, o que tiene una carta certificada del banco... Pero él solo quiere leer a Nietzsche y parar el tiempo. O, como mucho, perderse en su colección intocable de cómics.

–Tío.

La primera vez, tarda cincuenta veces en contestar al otro lado de la puerta.

–¿Qué?

–Tengo una duda metódica, ¿me la puedes resolver?

–No me gustan ese tipo de preguntas. No intentes parecer culto, pues aún parecerás más tonto. ¿Qué quieres saber de Descartes?

–¿Estás leyendo tus cómics?

–Sí, ¿y qué? Leo a Nietzsche y a Mortadelo, ¿te molesta?

–No. Pero tampoco me los dejas.

–Jamás. Antes tendrás que matarme.

–Vale, tampoco me apetecen.

–No has formulado la pregunta.

–No entiendo muchas cosas que mi madre anotaba en sus apuntes.

La respuesta tarda en llegar. Al final, Mateo deja el cómic de Superhumor a un lado, pero sigue sin abrirle la puerta a su sobrino. Parece que están en un confesionario.

–Ni tú ni nadie. Solo tu padre la entendía.

–Cuando Descartes enuncia el *Cogito ergo sum*, mi madre anotó a lápiz *Las uvas de la ira*.

—Es un libro.

—Ya sé que es un libro, me lo he leído, habla de la gente pobre en la época de la Gran Depresión americana. También me he leído el *Discurso del método*, me lo leí hace años para discutir con mi psicólogo. El caso es que luego mi madre tachó *Las uvas de la ira* y escribió debajo *Matar a un ruiseñor*. Y no me digas que es un libro, también me lo he leído, habla del racismo en el sur de EE.UU. cuando un abogado debe defender a un negro acusado de haber violado a una blanca.

—Tu madre leía mucho, se pasaba la vida leyendo. Hasta que conoció a tu padre. Le encantaba la literatura extranjera, pero sobre todo Somerset Maugham. Se lo leía y releía constantemente, hasta que se fue.

—¿Tío?

—Se fugó con tu padre a París en esa moto para conocer las tumbas y los poetas y todo eso. Si te fijas, todas sus anotaciones acabarán haciendo alguna referencia a *El filo de la navaja*. Estaba obsesionada con ese libro.

—Ya, lo he visto, tampoco lo entiendo mucho. ¿Cómo murió mi madre, tío?

La respuesta tarda en llegar. Al final, la puerta se abre. Huele a humanidad en esa habitación de filófoso y perro, mientras León entra y se sienta en una silla blanca de Ikea cubierta de ropa sucia.

—Desaparecieron.

—¿En serio?

—Sí, lo hacían siempre, hasta que una vez ya no volvieron.

—¿Siempre?

—Sí. La primera vez, tu padre apareció con esa moto y tu madre se volvió loca. Dejó los estudios, las amigas, lo dejó todo. Ella se había pasado la vida estudiando y no volvió a abrir un libro. Se subió en esa moto y los dos desaparecieron. Luego nos contó que se habían ido a París y que habían estado en una comuna de artistas en un palacio okupa. Y entonces supe que la habíamos perdido. Cada vez tardaba más en regresar: días, semanas, meses... Y cada vez volvía más delgada, más sucia, más sonriente. Siempre conseguían algo de dinero de tu abuela y volvían a desaparecer en esa moto. Hasta que un día llamaron del hospital y nos dijeron que habían tenido un accidente en el sur, que se habían metido debajo de un camión, que tu padre llevaba casco, pero que ella no y estaba muy grave.

–¿Y por qué mi padre no le dejó el casco a ella?

–Porque tu padre era igual que tú.

León se queda callado. Luego se va. Se vuelve a su habitación a seguir leyendo a las once de la mañana en invierno, mientras llueve en la calle.

#RutinaTelefónica

Una tarde suena el teléfono de su tío. Así comienza a sonar todos los días a cualquier hora, como con la intención de convertirse en una rutina de aquella casa. Sonando y sonando y sonando y sonando y sonando. Hasta que una mañana, Mateo decide cogerlo. Al cabo de un rato, se ducha, se viste, se pone una chaqueta horrible del año la picor y sale por primera vez desde que le obligaron a cogerse la baja por depresión.

Mientras tanto, León va entendiendo que idealizamos a las personas en nuestra memoria, pues esa estudiante de Filosofía que le deja notas entre los apuntes no se parece en nada a la madre que él recuerda. Apenas tiene recuerdos de ella. Quizás porque nadie almacena los recuerdos desagradables. Su madre siempre tenía dolor, ahora lo recuerda, pero no la recuerda hablando, ni la puede imaginar leyendo. Su madre siempre iba y venía, entraba y salía. ¿Qué le pudo suceder? ¿Qué le pudo pasar por la cabeza a una chica universitaria, una persona normal, para decidir esa vida, huir y criar a un hijo como a un mendigo, cuando ella estaba acostumbrada a que la llevaran en taxi al instituto los días de lluvia? Eso se lo había contado ella una vez cuando lo llevaba a rastras al hospital porque se había cortado con una botella rota.

Comprender a Mateo, profesor de Filosofía, es complicado. Su padre era funcionario de la Seguridad Social y su madre fue al Liceo Francés. Tanto él como su hermana, tres años mayor, estudiaron en el mismo Liceo Francés, donde los reconocían y apreciaban. Además, viajaban a Irlanda todos los años para aprender inglés antes de irse a veranear a Santander, de donde era la familia de la abuela de León. Ambos hijos les salieron buenos estudiantes y la madre decidió dejar el trabajo para poder cuidar mejor a sus pequeños, como era de sentido común. Vivían en la zona pudiente del Ensanche, en un piso amplio con ventanales y cuarto de servicio, aunque su madre decidió prescindir de él cuando renunció al trabajo. Del servicio, no del cuarto. Ambos hijos estaban siempre juntos, hasta el punto de que si los separaban, el pequeño Mateo cogía unos berrinches morrocotudos y no se calmaba hasta que su hermanita mayor no volvía. Quizás esa sea la explicación más sencilla al extraño carácter de Mateo Buendía: su hermanita no volvió.

#LocaPrudencia

–Es usted el tío de León, ¿no es verdad?

–Sí, lo soy. ¿Es usted de la universidad?

–No, no sé a qué se refiere, pero no. Soy la madre de Lola, me imagino que ya le habrá hablado su sobrino del tema.

–Si le soy sincero, y lo voy a ser, procuro no hablar demasiado con mi sobrino. Es más, y le seré más sincero: procuro no hablar con nadie.

–Sí, ya me han hablado de sus rarezas. Precisamente de ellas le quería hablar.

–Declino la oferta, señora, muchas gracias.

–Le ofrezco dinero. Mucho dinero.

–¿A mí, por qué? ¿Por mis rarezas? Siento decirle que son intransferibles.

–No, no me entiende o no me quiere entender. Deje de hacerse el idiota. Venga, vayámonos de aquí, acompáñeme a mi coche.

El coche de Pruden, la madre de Lola, es un BMW X3 de color negro. Mateo no ha estado en un BMW nunca. Y a solas con una mujer, jamás.

–Bien, ahora que estamos solos, le puedo dar más detalles.

–Se lo agradecería. ¿Puedo bajar la ventanilla?

–No, que está lloviendo. Yo enciendo el aire.

–Curiosa frase.

–Dejémonos de tonterías, señor Buendía. Usted tiene problemas de dinero por una cantidad superior a los cien mil euros, sus clases en la universidad son un fracaso e incluso puede perder la titularidad de catedrático si su baja por depresión se alarga más allá del segundo cuatrimestre. ¿Estoy en lo cierto? No hace falta que conteste. Yo tengo una hija enferma hasta rozar el ingreso hospitalario por anorexia y depresión nerviosa, ambas causadas por su sobrino León. Así que le traigo una solución conjunta a todos sus problemas. Le ofrezco una plaza de profesor titular en la International University of Mombai. Al mismo tiempo, me ofrezco a prestarle los cien mil euros que necesita para cancelar todas sus deudas, y hasta resolver ese contrato de alquiler leonino que su casero ha tenido la indecencia de colarle. Todo eso, ¿a cambio de qué? A cambio de que se vaya lo más lejos posible. Yo le he propuesto la India, pero si usted quiere irse más lejos, por mí, mejor. A Australia o Pernambuco si lo desea, pero que se lleve usted a su sobrino para no verlo nunca más. ¿Qué me dice?

No hay mejor manera de conocer a las personas que poniéndolas a prueba. Seguramente, la mayoría te defraudarán. Las que no, serán tu familia.

–Que sí, claro, pero que tengo que pensarlo un poco. Y necesitaré una perrera.

–No diga tonterías, por favor. Tiene usted hasta el seis de enero para contestarme.

#TodosLosCaminosLlevanALola

Cuando Mateo regresa al piso, León está haciendo tostadas. Apenas han crecido los muebles de la casa, salvo alguna pequeña compra funcional en Ikea, es decir, mesa, sillas y una lámpara de papel enorme.

–¿Tú sabes que hay una adolescente que se llama Lola que está enferma por tu culpa?

León se gira mientras deja de untar mantequilla en la cocina.

–¿Cómo sabes tú eso?

–Me lo ha dicho su madre. Y me ha cogido de la mano.

–¿Que la madre de Lola ha venido a contarte que Lola está mal?

–Sí. Y me ha cogido de la mano.

León se marcha corriendo, enfundándose su cazadora de cuero negra y agarrando el casco. Será el único motorista bajo el diluvio, llegará empapado a la calle de Lola, encadenará la moto, llamará al telefonillo y dirá que es el cartero del banco, ensuciará el recibidor con sus pisadas mojadas, formará un charco en el ascensor hasta subir al octavo, llamará al timbre, volverá a llamar, llamará más, y volverá a llamar.

Y Lola terminará abriendo la puerta.

–Te voy a hacer tostadas de mermelada de fresa, te voy a llenar la bañera con agua muy caliente porque llueve, y te lavaré el pelo, te lo desenredaré, te frotaré toda la piel, te ayudaré a levantarte y te secaré con una toalla recién lavada, te daré crema con estas manos, te vestiré con un pijama limpio y me meteré contigo en la cama hasta que te duermas.

–Miénteme, dime que me quieres.

–Te quiero.

–Dime que no te volverás a ir.

–No me volveré a ir.

–Dime que no me dejarás nunca.

–No te dejaré nunca.

–Llévame al cine.

–Está lloviendo.

–Da igual, iremos en autobús. No quiero subir a esa moto sucia.

–No tengo dinero.

–Yo sí. Llévame al cine. Ten, ten dinero.

–No necesitamos tanto.

–Da igual, quédatelo, mi madre ni lo sabe, tú quédatelo.

–Vale.

–Vamos.

#EpifaníaEnTaxi

Viajar en taxi bajo la lluvia tiene algo de película romántica, de esas en las que el chico miente a la chica y luego ella descubre la mentira, pero él hace algo increíblemente romántico porque la quiere y ella le perdona. Final feliz con picado cenital.

Lola está delgadísima, enferma de amor. Huele a León y se acurruca con fuerza a su lado, como alimentándose de su mera presencia. Llueve a cántaros y es tontería ir al cine a la una del mediodía. León mira a Lola enferma y piensa en su madre, siempre encogida de dolor. Y entonces tiene una epifanía, una revelación. Se da cuenta de que le está haciendo lo mismo que su padre le hizo a su madre: si se aleja de ella, Lola enferma; pero si vuelve a su lado, Lola todavía lo necesita más. En ese momento, en ese mismo momento, León descubre un recuerdo nuevo de su madre, ya muy deteriorada, dolorida en un rincón, diciendo:

–Llévatelo, no quiero que me vea así, llévatelo.

#AparteDeRespirar

León abre la puerta del taxi y se marcha corriendo bajo la lluvia, esquivando coches, mientras el taxista baja y la cierra a grito pelado. Y Lola, pobre Lola, no entiende nada allí sentada. Porque después de pasarte los días esperando a que él llame a tu puerta, es difícil abrir y que aparezca y que luego desaparezca. Y todavía más difícil es no preguntarte qué sortilegio, qué conjuro, qué combinación de calcetines y pijama elegiste para que él apareciera. Y todavía más desquiciante es preguntarte qué narices hiciste aparte de respirar para que él, de repente, huyera corriendo de un taxi.

Lola se va a volver tarumba, no solo por la vergüenza de decirle al taxista que la devuelva a casa, sino por la incertidumbre de pensar que si León apareció y desapareció sin ninguna lógica, lo lógico es que, repitiendo exactamente las mismas cosas que hizo, León vuelva a aparecer.

Y cuando su madre regresa, Lola está con el pelo sucio, en pijama, frente a la puerta, esperando la sopa boba como una loca.

–¿Qué haces, Lola?

–Llamar con el ombligo.

–Te he apuntado al viaje de fin de año de tu clase. Os vais a París pasado mañana.

–Ah, vale. No me has preguntado si quería ir, ¿no?

–No. Es París y son tus amigas, ¿por qué no ibas a querer ir?

–Ya.

#UnLeónBajoLaLluvia

León corre bajo la lluvia por las aceras mojadas. No tiene mucho sentido, pero, para ir a su casa, pasa por la puerta del instituto. La tormenta arrecia, se oye un trueno, cae un rayo. Empapado y de negro, como un vampiro corriendo, León entra al dinosaurio cuadrado cuando apenas faltan veinte minutos para que salgan todos al último recreo. No se ve al conserje, así que el vampiro desaparece por los pasillos que llevan a los sótanos. Necesita huir, necesita esconderse de ese recuerdo horrible, del dolor de Lola... que es él. Pero la vida tiene casualidades que nos ponen a prueba.

Cristina parece un ogro de lo borde que es, o al revés, aunque todos la conocen porque lleva minifaldas y siempre critica a todo el mundo. También es famosa porque lleva toda la vida con el mismo novio desde el colegio y este año se quieren ir de viaje de fin de curso juntos a Mallorca, aunque él es el primero de su clase que se está quedando calvo ya. Lo malo es que Cristina siempre tiene rabia y envidia de que otras tengan cosas que ella no puede tener. Concretamente, odia a todas las que tienen iPhone porque a ella se lo robaron, a todas las que veranean en apartamento porque a ellos se lo embargaron, a las que se van a Irlanda de intercambio porque ella no puede... Pero, sobre todas, odia a Lola y a su padre famoso de la radio, que todo el mundo hable de ella, que a todos les dé pena, que todos la defiendan. Es que la ve cojear y se acuerda de que sonrió cuando le dijeron que la habían atropellado y ella dijo que no, que había sonreído porque pensaba que era una broma, que pobre Lola.

León huye empapado y choca con alguien que sale de los vestuarios del gimnasio porque se dejó una camiseta del Pull&Bear a la hora de Educación Física y le ha pedido la llave a la profesora, que ya se iba y le ha dicho que se la devuelva al conserje que no está. Cristina mira a León y sonríe como un ogro a punto de comerse a un vampiro.

¿Por qué? ¿Por qué León no dice que no? ¿Por qué no se gira y se marcha y se olvida? Porque es un kamikaze que quiere olvidar y no sabe olvidar de otra manera.

Una hora después, León y Cristina salen por la puerta de emergencia que da al callejón de atrás. Ni siquiera se despiden, bastante tienen con el sudor. Ella sonríe y él lleva una marca de beso en el cuello, y los remordimientos.

#AlmaDeLola

Ha dejado de llover y León regresa a por su moto, la seca con algún papel del contenedor y circula despacio hasta casa por el asfalto mojado. Allí descubre que su tío sigue encerrado con un libro de Kant en una mano y una calculadora en la otra.

–¿Hay algo de comer?

–¡No, no soy un restaurante!

–Vale.

–Perdona. No hay nada. Como no quieras pan Bimbo y quesitos...

–Deberías aprender a cocinar, tío.

–Bastante molesto es tener que alimentarme como para encima perder el tiempo como cocinero.

–Pues tengo hambre.

–Deberías ir a tu habitación primero.

–¿Por qué?

–Ha venido una chica diciendo que tenía que hablar contigo.

–¿Quién? ¿Lola? ¿Elena?

–No lo sé, no me interesa. Ella lo sabrá, supongo. Lleva más de una hora esperando.

Es cierto que lo lógico sería que en esa habitación esperase Lola, o una iracunda Elena ofendida por alguna prueba de infidelidad que le hubieran hecho llegar tanto Lola como Cristina. Pero la vida no es lógica.

–Alma, ¿qué haces aquí?

–Quiero que dejes en paz a Lola.

–Vale. No te preocupes.

–Sí, sí me preocupo. ¿Puedes cerrar la puerta?

–Claro. Ya está. Dime.

–No quiero explicaciones, no quiero que me expliques. Eres un tío y te puedes enrollar con Lola cuando quieras y luego dejarla tirada como un trapo. Lo has hecho. Bien. A partir de ahora, vete. Vete o convenceré a todo el instituto para que te cacen y haremos un safari contigo.

–¡¿Qué?!

–Deja a Lola, te lo digo muy en serio, no te vuelvas a acercar a ella. ¿Vale?

–No me asustas.

–Te lo juro, haré lo que sea, lo que haga falta, pero te juro que si te vuelves a acercar a Lola, iremos todos de safari a por ti.

León mira a Alma a los ojos, apenas a unos centímetros de ella. La admira. Cualquier cosa por una amiga. Es digna de admiración, está dispuesta a defender a su amiga, algo tan noble que lo convierte a él en un mezquino, en un león devorador de hombres.

¿Estará de acuerdo Lola con esa cacería?

León atraviesa los ojos de Alma con los suyos, intenta entender dónde reside el miedo que le tienen: son herbívoros, deben protegerse en manada. León levanta su mano derecha y le retira el pelo por detrás de la oreja. Alma lo mira desafiante...

De repente, la puerta se abre y aparece el tío Mateo como un acomodador de cine.

–Ya está bien, señorita. ¡Fuera de aquí! ¡Esto no es un cine de verano!

Y Alma se marcha corriendo.

26

#ElPlanetaDeLosMalos

León comprende que es indigno. Quizás incluso comparte pensamiento con su tío. Al menos, lo que sí comparte es el insomnio.

–Hace unos días me llamó tu antiguo psicólogo.

–¿Qué quería?

–Saber cómo te iba.

–¿Y qué le dijiste?

–No lo sé.

–¿Cómo que no lo sabes?

–No lo sé. ¿Sabes?, hay personas malas. Y suelen tener los dedos finos. Creo que le colgué.

–¿Le colgaste a mi psicólogo?

–Sí, creo que sí. Es lo que deberíamos hacer con los malos: mandarlos a todos a otro planeta y que se atacasen unos a otros hasta darse cuenta de que son malos, no como una opinión, sino como un hecho absolutamente demostrable y universal. Así se arrepentirían y querrían ser buenos, pero no podrían salir de ese planeta y entonces el resto de los malos les demostrarían la paciencia que hemos tenido los buenos con ellos.

–¿Y yo, tío? ¿Soy bueno o malo?

–Eso debes decidirlo tú, en eso consiste la adolescencia. Pero sí te puedo decir que no eres un gandul. Te perdonaría que fueses malo, pero no que fueses vago, un parásito. Nunca decidas no decidir. Tú decide siempre, sé un hombre de acción, aunque sepas que te vas a equivocar. Esos son los buenos.

–Pero tú no lo eres.

–Ya.

–Tal vez no sea bueno etiquetar a la gente.

–Te equivocas: etiquetar y clasificar es lo que nos ha permitido sobrevivir hasta ahora. Prejuzga a todo el mundo, etiqueta, clasifica. Las personas cambian, no tienen esencia, no hay nadie que cometa el esfuerzo constante de mantener su personalidad. Y etiquetarnos es el único esfuerzo intelectual que nos ha permitido sobrevivir como especie.

–Eso es un poco lo que decía Ortega y Gasset.

–Es posible.

–Pero dijiste que Ortega era un imbécil.

–Soy cambiante.

–Ya...

Son las dos de la mañana, huele a café y se oye un ruido amortiguado de vecinos que ven Gran Hermano o discuten o se quieren, o todo al mismo tiempo. Dos seres humanos van cambiando de sitio y de postura mientras siguen leyendo. León está en el suelo con Rousseau[7] y su tío en el sillón con Chomsky[8].

–No me caes mal.

–Gracias.

–Te sigo guardando mucho rencor. Sigo deseando que te vayas. Pero no me caes mal.

–Tú tampoco eres tan insoportable como me imaginaba cuando me decían que habías firmado un documento para rechazarme de por vida.

–Y lo tengo.

–¿Por el rencor?

–Por el rencor.

–Porque te quitamos a mamá.

–Porque le destrozasteis la vida a mi hermana.

–En estos apuntes cita mucho *El Principito*. Yo tenía ese libro. A lo mejor era el mismo libro. El ejemplar, quiero decir. Es que quiero encontrar algo que tenga en común la estudiante que escribió todo esto y la mujer que me cuidó a mí de pequeño.

–El principito.

–Eso digo.

–No, no me entiendes. Tu madre te llamaba «el principito».

De nuevo, un recuerdo aparece en la consciencia de León, puede verlo, puede ver nítidamente a su madre llamándole «mi principito». Se le descompone la mandíbula, se le inundan los ojos... León se ha emocionado.

---

[7] *El contrato social*, Jean-Jacques Rousseau, Espasa-Calpe, 1991.

[8] *Cómo funciona el mundo*, Noam Chomsky, Katz, 2012.

—¿Fue la abuela la que no quería que viniéramos a veros?

—No. La abuela hacía cualquier cosa por tu madre, para que vinierais: os daba dinero, os alquiló una buhardilla, te compraba ropa, pañales y potitos...

—¿Y por qué mi madre no quería venir?

—Siempre he pensado que era por tu padre, porque él la enloqueció, pero la verdad es que ella tampoco quería venir. Se volvió como silvestre, no soportaba estar debajo de un techo, venía y se escapaba en cuanto tu abuela se daba la vuelta. Incluso a veces se olvidaba de ti y tenía que venir tu padre a recogerte. Entonces tu abuela le pedía, le rogaba que la convenciera para llevar una vida normal, pero tu padre nos decía que era ella, que él no podía convencerla, que era ella la que se marchaba a cualquier hora como si se le escapase algo.

—¿Y qué se le escapaba?

—Creo que buscaba algo... y que jamás lo encontró.

León calla. Se levanta, se va a su cuarto, se sienta en la cama y, a solas, se atreve a pensar que quizás la respuesta se encuentra en esos papeles, que si los lee y los comprende, descubrirá lo que su madre estaba buscando. Sin embargo, tampoco es tan listo. Al cabo de una hora, sale y ve a su tío dormido en el sillón, o eso parece.

—¿Y cómo era mi padre?

—Igual que tú. Eres un calco de él.

—¿Y tú le odiabas?

—Con toda mi alma. Tu padre fue la desgracia de esta familia. Justo acababa de morir tu abuelo cuando una noche apareció él trayendo a tu madre en esa moto. Tu madre se pasaba las semanas perdida por ahí, rodeada de maleantes, de gente de mal vivir. Nos decía que se quedaba a comer en la universidad y en realidad estaba con tu padre. O llamaba por la tarde y le decía a tu abuela que se quedaba a dormir en casa de alguna amiga porque tenía que estudiar y en realidad estaba en una casa okupa, entre drogadictos y punkis, bebiendo y fumando hasta caerse por el suelo. Todo por culpa de tu padre.

—Quizás él tampoco pudo frenarla.

—Quizás. Pero para nosotros, para mí, como comprenderás, es mucho más humano pensar que toda la culpa de su perdición la tuvo tu padre.

–¿Y te has pasado la vida entera odiándole?

–Y me la pasaré. Él destrozó esta familia. Si él no hubiera aparecido, tu madre ahora sería profesora en la universidad y...

–Y a lo mejor eso no la haría feliz.

–Sé por dónde vas. Piensas que yo he llevado esa vida de la que huyó tu madre y que soy un infeliz. No, mi infelicidad deviene de la angustia por su pérdida, de los remordimientos por no haber hecho más por salvarla.

–Eso es lo que tú dices. Te podrías haber casado. Podrías haber tenido una familia en lugar de vivir así, amargado y solo en un piso alquilado.

–Este piso era de tu abuela. Tu habitación era la habitación de tu madre. Sé que me cobran el doble de lo que deberían, pero es lo que me queda. Es lo que valen los recuerdos.

–Sé lo que quieres decir, tío. Y te entiendo, pero también pienso que has culpado a mi padre de demasiadas cosas. Y que quizás mi padre no tuvo la culpa de que tú seas un infeliz.

Hay líneas rojas. A veces saltan como resortes y no te das cuenta de que has pisado una mina explosiva. Mateo salta. Podía haber imaginado que su sobrino le diría algo así, podía haberlo previsto y seguramente lo hizo. Pero a veces el cuerpo reacciona sin control incluso aunque el cerebro lo está viendo equivocarse.

–¡Vete de aquí! ¡Fuera! ¡Vete de mi casa!

Tampoco hubiera pasado nada si solo hubieran sido palabras. Pero fueron acompañadas de un empujón que tiró a León al suelo. Ambos se miraron. Cámara en ángulo contrapicado. Y después, León se refugió en su habitación y su tío volvió a la soledad de su casa vacía.

27

#CuentoDeNavidad

La única diferencia aquella mañana es que no aparece el perro por ningún lado. Antonio el torero sí. León lo saluda de mal humor y se acerca a la puerta de su tío, a punto de pedirle disculpas, pero el orgullo le puede y se da la vuelta para ir a llevar a Elena al instituto el último día antes de las vacaciones de Navidad.

León circula con una moto demasiado potente sin seguro ni carné, pero como el casco negro lo esconde, pasa inadvertido y serpentea haciendo ruido entre los coches, acercándose a los semáforos en rojo, sin poner intermitentes, acelerando al girar hacia la avenida...

¡¡¡CHOQUE!!! ¡¡¡RUIDO!!! ¡¡¡ALGO ROJO!!! ¡¡¡SUELO!!!

Un *quad* rojo se ha llevado por delante una moto negra y la ha mandado a la acera. Además, parece que el conductor del *quad* sigue rascando rueda contra la moto como si quisiera chafarla y rematar a su propietario.

¡¡¡RUIDO!!! ¡¡¡RUIDO!!! ¡¡¡RUIDO!!! ¡¡¡RUIDO!!!

–¡Para ya! ¡¿Estás loco?! ¡¿Qué te pasa?!

–¿Qué le hiciste ayer a Alma?

–¡Yo no le hice nada! ¡Que pares! ¡Fue ella la que vino a mi casa!

–¡Que qué le hiciste! ¡Que qué le hiciste!

¡¡¡RUIDO!!! ¡¡¡RUIDO!!! ¡¡¡RUIDO!!! ¡¡¡RUIDO!!!

De pronto, el motor del *quad* se para. El silencio los deja en ridículo y les permite oír las sirenas de la policía, a la que habrá llamado alguno de los varios vecinos, transeúntes, conductores, jardineros, amas de casa, jubilados, carteros y demás habitantes urbanos que han visto el accidente y la discusión posterior. León no tiene carné y Liberto la culpa.

Ambos, moto y *quad*, arrancan y salen escapados.

¡¡¡RUIDO!!! ¡¡¡RUIDO!!!

Por suerte, León huye más rápido e impide que Liberto vuelva a intentar atropellarlo en la siguiente rotonda. Por desgracia, lleva arrastrando el guardabarros trasero y se le ha salido el sillín, por lo que debe ir al taller y arreglar la moto. O más bien, usar el dinero de Lola para arreglar la moto que Liberto le ha roto porque Alma se enfrentó a León para que no le hiciera más daño a Lola. Dinero y daño.

#BarbitúricoPareceElNombreDelUnicornioDeUnaMuñeca

Mientras reparan la moto, León le explica a Elena que no puede ir a buscarla, que ha tenido otro accidente. Pero Elena le inunda de mensajes y emoticonos de odio porque parece ser que Cristina va contando por ahí que León se pasó con ella tres pueblos y que los amigos de su novio el calvo le van a dar una paliza. Pero eso a Elena le da igual porque todas sus amigas están de camino a París, todas menos ella, que no tiene dinero pero sí una soledad muy grande y ahora también un odio muy grande. A León.

Y entonces León decide bloquearla en WhatsApp.

Cuando sube a casa, nadie le abre, pero hay algo raro: el perro parece asustado y no deja de chillar. De hecho, los vecinos llevan quejándose toda la mañana al conserje, que es un hombre mitad humano mitad centauro, es decir, que solo tiene de centauro los pies y un trasero gordo que mueve mientras sube las escaleras... El perro se está quedando hasta afónico de tanto ladrar. Abren. La puerta de la habitación de su tío Mateo está abierta. Nadie contesta, así que León entra.

–¡Llamen a una ambulancia! ¡Que llamen a una ambulancia, por favor!

Cuando Marilyn Monroe las consumía se llamaban barbitúricos, ahora son solo pastillas mezcladas con el sonido de una ambulancia recorriendo la ciudad. Y el privilegio de seguirla en un taxi que pagará con dinero prestado a abrazo fijo por Lola. Su tío se ha tomado un bote de pastillas para desayunar. Seguramente aposta. Le van a hacer un lavado de estómago y una hemodiálisis que será la que diga con qué esperanzas podemos contar. Pero ha pasado demasiado tiempo y hay muy pocas posibilidades de recuperación.

León piensa, es inevitable, que seguramente esta mañana, cuando estuvo a punto de abrir la puerta, su tío se acababa de tragar las pastillas, que lo habría pillado in fraganti, que todo habría quedado en susto... o muerte. Muerte no, en susto. Por su culpa, por ese pequeño detalle... León se arrepiente, se arrepiente como un cleptómano en las duchas de la cárcel, porque tiene claro que su tío se va a morir o incluso está muerto ya, pues cuando lo movieron los médicos de urgencias ni siquiera respiraba ya. Si hubiera empujado esa puerta, si la hubiera empujado... ahora estarían discutiendo por la comida, ese sería su mayor problema. Y no verlo muerto por su culpa. Porque eso está claro: si él no hubiera aparecido, su tío seguiría vivo.

#UnMarDeRemordimientos
#UnSafariDeInstituto

Tan solo hay un pequeño detalle que León protege mientras dos enfermeras ajustan los goteros y no los dejan a solas: una carta arrugada. Se la quitó a su tío de la mano mientras el conserje centauro bajaba corriendo a llamar a la ambulancia. Por fin se van. León la abre y se convence de que su tío sigue vivo porque se la está leyendo.

Todo ello mientras en el instituto han quedado para ir por fin a cazarlo.

«León, no te voy a pedir que entiendas lo que he hecho...».

Y León vuelve a arrugar la carta porque no la puede leer. No ahora.

#LaCapacidadParaQueTodoElMundoTeAcabeOdiando

Si León no hubiera bloqueado a Elena en WhatsApp, habría sabido que le buscan, que le están esperando, que son muchos, y que le van a dar una paliza en cuanto vuelva a casa.

Si lo hubiera sabido no le habría sorprendido asustarse por primera vez, tener miedo de verdad, comprender que estaba atrapado y quedarse de piedra al ver que Liberto es el primero en acercarse corriendo como un pandillero cobarde, el primero en gritar «aquí está», mientras corre con el móvil en la mano para grabarlo todo. Cobarde.

Pepe «el Pequeño» llega gritando y le golpea la primera patada a León. Liberto luego, ya cuando León está en el suelo, se acerca con miedo, sigue grabando y le sacude con el casco en la cara, ¡PAM! Y se aleja insultándole. Cobarde.

Mientras le golpean, mientras se tira al suelo intentando protegerse la cabeza de los golpes, mientras le escupen y le pisan, León comprende que Liberto le ha engañado, que se ha hecho el tonto desde el principio y, lo que es peor, que seguramente sí ha intentado secuestrar a Alma. Entre patadas y puñetazos, León aún tiene ganas de buscar sus ojos y darle a entender que lo ha descubierto.

La lluvia de golpes continúa hasta que el mecánico de su calle sale del taller con una barra de hierro en alto para que se vayan y les dice que ha llamado a la policía.

Luego, la lluvia de nuevo, y la gente mirándolo como antes, como siempre, con asco. León se levanta con las palmas de las manos sucias de asfalto, con ese sabor a cobre que te produce la sangre en la boca, esa mezcla fría y caliente de las heridas mojándose bajo la lluvia. Llega a su portal, sube a la casa de su tío y se mira en el espejo, de nuevo destrozado. Y por primera vez en su vida, por fin, León llora. Y llora a moco tendido, todo lo que no ha llorado de niño, con toda la rabia y toda la tristeza, a boca abierta y babeando en la ducha bajo el agua hirviendo.

Por la noche, mientras el resto del instituto habla de él, León llama a Domingo por la escalera. Se dejaron la puerta abierta y se escapó, quizás no vuelva. Sin posibilidad de llamar a nadie más, pues los trozos rotos de su móvil nuevo están encima del banco de la cocina. León está incomunicado. Está solo. Cierra la puerta. Llegó el momento de leer esa carta de su tío.

#CartaDeDespedida

«León, no te voy a pedir que entiendas lo que he hecho. No soy Sócrates ni me parezco, pero me siento en la obligación de explicarte algunas cosas que seguramente te ayuden a comprenderte mejor. Es lo máximo que puedo ofrecerte dada mi posición actual.

Quiero que sepas que todos llevamos un demonio dentro que nos puede convertir en monstruos si no nos enfrentamos a él. Y tú, León, como todo ser humano, debes luchar contra ese demonio, contra todos tus demonios. Del mismo modo que han luchado muchos filósofos a lo largo de los tiempos. Nietzsche recreó a Drácula, Hobbes al hombre lobo, Schopenhauer a Frankenstein, Descartes a los *poltergeist*, Spinoza a HAL... Todos ellos son mitos de los principales monstruos de nuestra historia, tanto clásica como moderna. No te pienses que los creó la ciencia ficción, fue la filosofía.

Sin embargo, tú no eres ninguno de esos monstruos, León. Te defines por poseer dos personalidades casi esquizofrénicas: por un lado, confías en el ser humano como un niño pequeño; y, por otro lado, tienes la manía de pelearte con todos y cada uno de los seres humanos. Eres prácticamente un kamikaze, como alguna vez tú mismo has dicho que te llaman, puesto que siempre pareces dispuesto a todo.

Pero hay algo que seguramente no hayas pensado: tú eres un kamikaze, sí, pero también eres León, un león noble y bueno, algo de lo que nadie te ha hablado jamás. Eres destructivo, sí, te lo han repetido mil veces, pero también ERES BUENO. Por eso te peleas a ciegas, para defender y sacar afuera esa bondad tuya tan infinita, que nadie te ha enseñado a usar.

Hasta ahora te has empeñado en luchar por ser un kamikaze. Deja de hacerlo, deja de pelear. Tú eres León, esa es tu verdadera esencia, tu naturaleza, tu alma. Tienes una energía extraordinaria, no la uses para atacar, úsala para defender. Lucha, sí, pero lucha por ser tu héroe, León. Busca a tu manada y sé el mejor león que puedas. Solo así encontrarás el equilibrio.

Pero piensa más, por favor. Lee esos apuntes, los necesitas para conocer lo mejor de ti, para saber cómo puedes luchar contra tus demonios. Esos que te han convertido en un monstruo. Y ser inteligente no te servirá de nada en esta vida si no vas más allá y buscas algo que el resto del mundo no ha visto todavía. Como monstruo, necesitas de una filosofía. Esa debería haber sido mi tarea como tutor. Por desgracia, como en todo, he fracasado.

Aprende de mis errores, León, y no dejes que la vida te pase por encima. Heráclito comprendió que la existencia es un río en constante cambio y que hay dos tipos de personas: las que se dejan arrastrar por la corriente y las que cruzan el río y le muestran la ruta a los demás. Tú eres un explorador, León, acostúmbrate a lo desconocido, acostúmbrate a los abismos, acostúmbrate a estar solo. Pero, sobre todo, no te olvides de indicarles el camino a los que te sigan.

Tu padre era así, ahora no me importa decírtelo: era un tipo genial. Ni siquiera tenía el graduado escolar, pero había viajado por medio mundo como ayudante en barcos mercantes. Fue él quien le habló de Somerset a tu madre, fue él quien le despertó el demonio, es cierto, pero ella ya lo llevaba dentro. Él siempre fue un tipo genial, debes recordarlo así. Está enterrado en el cementerio de Torremolinos. Como siempre te has imaginado, se metió debajo de un camión mientras conducía la moto, tu moto.

Tu madre también fue una exploradora, ese fue su demonio. Lo que pasa es que nunca quiso luchar contra él y nadie pudo convencerla de lo contrario, ni siquiera tú. La mató su demonio, ahora ya puedes comprenderlo. Pero tu madre te quería, no puedo darte testimonios o pruebas de ello, pero siempre volvía a por ti. Está enterrada aquí, junto a tus abuelos, y espero que también junto a mí.

Esto es duro para mí, pues en realidad no tengo una justificación ética o moral que me permita explicar por qué rechacé tu custodia. Yo estaba ahí, en la habitación de al lado, aquella primera noche en la que le contabas a un agente de Servicios Sociales que tus padres tenían un circo. Luego, siempre repetiste esa historia del circo, te hiciste fuerte y eso me permitió descargar todo mi odio en ti, pues pensé que lo soportarías. Esa es mi justificación: vi que eras fuerte y que podía odiarte sin riesgo de remordimientos por daños infligidos.

Ahora que te conozco, me arrepiento sobremanera por ello. Eres un chico excelente, León. Tienes un fondo bondadoso y estoy seguro de que saldrás adelante, que tu destino va más allá, que tienes una misión que cumplir, que debes domesticar a tus demonios para que te muestren el camino. No debes ser un simple ciudadano, León, debes ser un explorador. Ese es tu destino.

Y nunca mires atrás, León, aunque sé que huelga decírtelo, pues nunca lo has hecho. Supongo que esa fue tu manera de sobrevivir a todo aquello. Por si sientes curiosidad, siempre viviste junto al Mediterráneo. La última época en Alicante, es cierto, pero antes te llevaron a Cadaqués, Barcelona y Tortosa; al delta del Ebro y al cabo de Gata; a Altea y Oropesa. Tus padres eran unos trotamundos, pero siempre querían estar junto al mar. Aprende eso de ellos, nunca te detengas, no te quedes quieto, y jamás mires atrás.

No te he dejado dinero, quizás algunos billetes por casa, pero tampoco mis deudas, esas se vienen conmigo. Pero sí debes saber que el garaje donde guardas la moto es de tu propiedad, así lo dejó tu abuela por escrito. No hay nada más, pero si lo vendes te permitirá comenzar una nueva vida lejos de aquí. Vete, León, vete donde nadie te conozca, donde no te juzguen por tu pasado, por tus padres, por tus cicatrices o por tus errores.

Y vayas donde vayas, elige siempre ser bueno. Ese es el mejor consejo que te puedo dar, eso es lo más importante: ser buena persona. Nunca dejes que tus demonios te vuelvan egoísta, ve más allá, olvídate de ti, entiende que esos demonios están ahí para ayudarte a conseguir metas más altas. Vete, León, no te detengas, vete y cambia el mundo.

Siento haberme ido sin despedirme, es que tenía prisa.

Y siento no haberte dicho nunca esto: tu tío que te quiere, Mateo Buendía».

León deja la carta y se recuesta contra la pared que le permite ver la calle allá abajo. Se encienden las farolas. Parece que sonríe. Parece que por fin ha tenido familia. Parece que por fin alguien le ha querido. El resto de la noche, la pasa imaginando su nueva vida.

28

#París

París tiene calles como museos. Y tejados tan hermosos que el sol amanece solo para verlos. Ese es el mejor momento para subir a Montmartre y comprender, desde lo alto de la colina, que el mundo está girando y que esa torre de allí abajo es su eje metálico. Pero luego hay que bajar callejeando, visitar cementerios y gatos, pasear junto al Sena viendo un *bateau mouche* y escuchar a los músicos callejeros mientras las calles se llenan de luces y parejas perdiéndose por Ópera o por los Campos Elíseos. Y todo para entender que París es la ciudad más hermosa del mundo. Porque el impresionismo, el cubismo, el surrealismo... Victor Hugo, Apollinaire, Balzac, Zola, Baudelaire, Mallarmé, Rimbaud... La pintura, la literatura, el cine, la música, la fotografía, la moda, el arte del siglo XX... Todo surgió en París, sin permiso del resto de capitales, pues París es lo que Londres jamás podrá ser, lo que Roma pudo haber sido, lo que Nueva York no será jamás.

En París, Lola se muere de frío porque hace un día de invierno horrible y no deja de llover y el viento le ha roto el paraguas que le vendió un paquistaní allí abajo. Alma la arrastra por aceras y estaciones de metro sin quitarse los guantes: de Notre Dame al museo del Louvre, de allí coge un metro y sal a Torre Eiffel, de ahí se está haciendo de noche y tenemos que volver al hotel.

Lola está cansada, aterida de frío, los pies congelados. Aunque ella no se queja, es su mala suerte, incluso ha sido la única a la que se le ha roto el paraguas. Mira, por ahí sube el chico paquistaní que se lo vendió. Lola se acerca a él y le dice que su paraguas se ha roto, que quiere que le devuelva el dinero y... la están llamando al móvil nuevo, pero ella cuelga. Llueve, el chico le sonríe, le da otro paraguas, habla con otros dos más en un idioma que Lola no entiende y luego se ofrece a sacarle una foto. Lola está contenta con su nuevo paraguas, le dice que sí, le da el móvil y abre el paraguas para posar con la Torre Eiffel de fondo. Cuando se da la vuelta, los tres vendedores se están marchando con su móvil, y encima no ve a su grupo por ninguna parte. Lola comete el error de perseguir a sus ladrones por una ciudad que desconoce, y además está anocheciendo y nadie sabe dónde está. El colmo de la mala suerte.

#ElMecánicoJuan

Mientras tanto... Tras pasarse la noche en vela releyendo la carta de su tío, León desayuna café solo sin azúcar, lo ha decidido, aunque está malísimo y le acaba echando una cucharada. Entonces mete la vieja tarjeta de su móvil destrozado en el teléfono de su tío, se pone la chaqueta de cuero y baja al taller para preguntarle a Juan, el mecánico que le ayudó, qué tal está su moto.

Juan le explica que en realidad no tenía más que alguna pieza suelta y la rueda delantera doblada, y que si se espera en aquel banco, él le enseñará a enderezarla cambiando los radios rotos y apretando los que han quedado flojos. León no quiere ir al hospital ni estar en casa esperando a que le digan que su tío Mateo ha muerto, por lo que agradece que el mecánico no le pregunte por la paliza y que además le ayude a arreglar la moto.

Como todo en esta vida, lo que parecía que iba a costar una hora acaba llevándole toda la mañana, y cuando Juan sale de su taller por la tarde, el chaval ese está esperándole en la puerta con las manos sucias y pinta de no haberse movido de ahí desde que él se fue.

–¿Has comido?

–Sí.

–No me mientas.

–Es que no tengo hambre.

–Anda, cruza allí y pídele a Doroteo un bocadillo y una cocacola. Dile que yo se lo pago luego.

–Gracias, Juan.

–De nada, chaval.

Y León tiene una prueba más de que las personas son buenas, de que Hobbes se equivocaba, de que la naturaleza humana tiende a proteger a los demás. Somos animales de manada, por eso necesitamos estar juntos, porque nuestro instinto nos habla de ser protectores, no depredadores. Por eso nos saludamos, por eso nos empeñamos en ir a los lugares cuando están repletos de gente, por eso comemos en grupo y por eso nos defendemos en grupo.

#LolaSeHaPerdidoEnParís

Cuando León recibe el mensaje, está arrancando la moto por enésima vez. Está contento, la ha arreglado él. Se para un poco, pero es suya. Juan le da una palmada en el hombro y le dice que es vieja, que no aguantará mucho, que tenga cuidado al conducirla.

Entonces León desbloquea el móvil y el mensaje le deja sin respiración. Lola está perdida y él... Él es un kamikaze. Agarra el casco, se abrocha la chaqueta de cuero, se palpa los billetes en un bolsillo y el teléfono en el otro. Ya es de noche por todo el mundo y hace un frío de invierno que parece hasta que va a nevar.

–¿Adónde vas con tanta prisa, chaval?

–¡A París!

Catorce horas de viaje sin parar en una moto son una locura que pocos pueden hacer. Catorce horas de viaje sin parar en una moto de noche, en invierno, lloviendo a ratos y a ratos nevando, por carreteras ignotas y sin tener ni siquiera carné de conducir son una locura imposible que nadie en su sano juicio se atrevería a intentar. Y menos con una paliza en el cuerpo.

Pero León es un kamikaze.

A veces el faro delantero le falla y León se pasa un kilómetro de autopista golpeando el faro con la mano mientras adelanta camiones, ya que no lleva piloto trasero y nadie lo vería sin luces bajo la nieve.

En la primera área de servicio que para a repostar, se compra unos guantes, pues entra tiritando de frío y casi no puede sacar los billetes del bolsillo. Al café le invita el chico de la caja.

Al llegar a la frontera con Francia, cerca de Figueres y Cadaqués, apenas reconoce el paisaje en el que pasó sus primeros meses de vida porque son las tres de la madrugada y la moto tiembla de un lado a otro del carril por culpa del frío, que le está entumeciendo los brazos.

Tiene que detenerse en una gasolinera cerrada, pues cada vez está nevando más y solo ve los surcos negros entre la capa de nieve gris que está cubriendo la carretera. León se refugia detrás del área de servicio, encuentra la puerta del baño abierta y todavía tiene arrestos para bajarse los pantalones y forrarse las piernas con papel higiénico y bolsas de la basura que se dejaron arriba en una ventana. Luego también se desnuda de arriba y se forra todo el cuerpo con papel higiénico y bolsas de basura dándose vueltas. Para entrar en calor, lee los mensajes que van dejando sobre Lola y unos extranjeros que se la han llevado, y salta y corre por esa gasolinera cerrada en medio de la oscuridad y reza para que la moto de su padre aguante...

#FríoFancia

Al cruzar la frontera, León debe estar muy atento a las señales de tráfico para no desviarse de la A75 hacia la E11, aunque le preocupa más que lo detengan en alguno de los puestos de peaje o que la nieve acabe por cortar la carretera, pues no se ve prácticamente nada, y menos a esa velocidad y con el faro fallando constantemente.

#PrimerFrancés

El primer francés que habla con León es un dependiente de una gasolinera que ni siquiera le pregunta adónde va a esas horas en moto por la autopista, temblando de frío y embutido en papel higiénico. Tan solo le dice que son veinte euros, que el temporal de nieve está arrasando toda Europa y que la próxima estación de servicio abierta está a una hora de trayecto.

#SegundoFrancés

El segundo francés que habla con León es un cobrador de peaje de la autopista que se echa las manos a la cabeza en cuanto lo ve. Este es mayor que el otro y le habla muy rápido, y encima todo en francés. Le está diciendo que está loco, que van a cortar la carretera y que adónde se piensa que va con este temporal. Y cuando León le entiende y le dice que a París, el hombre todavía gesticula más y le repite con el dedo en la cabeza que está loco. Pues si además supiera de dónde viene...

Las cinco primeras horas cruzando Francia mientras no acaba de amanecer son una tortura a cada minuto, porque ya hace muchos kilómetros que el frío duele, pese a los guantes de piel, pese a ir forrado de plástico, pese a todo. Son muchísimas horas soportando el viento helado a más de ciento treinta kilómetros por hora con la tensión en el cuello de que, en cualquier momento, la nieve hará que te caigas bajo las ruedas de algún camión. Y cada vez los sustos son más continuos y el sueño empieza a provocar oscilaciones peligrosas de la moto.

#AmanecerEnFrancia

Por suerte, empieza a amanecer y la autopista se va poblando de profesionales de la carretera, camioneros y conductores de reparto en furgonetas blancas que se fijan en ese chico que toma café y va cubierto de nieve y lleva una moto negra con matrícula española. No puede ser, se dicen mientras hablan entre ellos o le preguntan a la camarera del área de servicio. Todos niegan con la cabeza y piensan que se habrá metido en alguna pelea y que menudo constipado se va a coger el muy insensato por hacer unos pocos kilómetros bajo la nieve. No saben que León lleva ya más de mil. Y que todavía le faltan trescientos. Más de mil trescientos kilómetros en moto para ver el primer cartel de París, pero ya se imagina la cara de Lola cuando la encuentre, por mucho que se esté quedando sin fuerzas, sin sueño, sin calor, sin dedos, sin cuello y sin...

¡París!

Son las doce del mediodía y el atasco parisino le hace sonreír. León es el único que sonríe. No tiene tarifa de datos en Francia, así que debe buscar un McDonald's para tener wifi, como ha ido haciendo en todas las gasolineras por las que ha pasado. Aunque de madrugada solo Alma estaba despierta y le iba informando de que no sabían nada, de que Lola no aparecía, de que sus padres ya habían cogido un vuelo pero que no saldrían hasta las diez de la mañana, de que habían venido los gendarmes a hablar con los profesores...

#ParísWifi

¡Un McDonald's! León encadena la moto y aprovecha para desayunar por tercera vez y quitarse las bolsas de basura y el papel higiénico en el cuarto de baño. Alma le ha mandado la ubicación del hotel donde están alojados. León la localiza en el Google Maps y memoriza las calles, pues sabe que se quedará sin datos en cuanto salga.

Y tiene buena memoria. Media hora después, consigue llegar de cabeza a la puerta del hotel. Alma está en recepción esperándole.

–No saben nada. Los gendarmes dicen que han intentado localizar el móvil por GPS, pero que lo han apagado.

–¿Y ella no ha llamado a nadie?

–¿Cómo, si no tiene móvil?

–Desde una cabina.

–¿Una cabina? ¿Todavía existen?

–No, bueno, en París no lo sé.

#¿QuéHacesTúAquí?

En ese momento, un taxi para en la puerta y bajan corriendo los padres de Lola. Cuando ven a León se sorprenden, pero entonces se giran y observan la moto aparcada en la acera. Y se dan cuenta... de que sería inhumano no atenderle.

–¿Qué haces tú aquí? No habrás venido en la moto...

León asiente.

–Ha venido en moto toda la noche.

Debe ser Alma quien se lo explica, y el padre de Lola no sabe qué pensar.

–Estás loco, no tenías por qué venir, nosotros nos encargamos de todo. Voy a pedirte una habitación y te das un baño caliente y luego a descansar.

–No, yo puedo encontrar a Lola.

–León, de verdad, te agradecemos mucho la locura que has hecho, pero no era necesaria. Nosotros nos encargamos.

–No, yo sé que la puedo encontrar. Solo necesito que me lleven al sitio donde se perdió.

–León, de verdad, esto es muy serio. Déjanos que hagamos las cosas como debe ser y todo saldrá bien.

–Alma, llévame tú.

Al final acaba saltando la madre de Lola.

–¡Que te hemos dicho que no! ¡Ya está bien! ¡Que te quedes aquí! ¡Que estoy harta de ti!

León mira a Alma suplicándole.

–Ya te lo he dicho: mirando la Torre Eiffel desde la plaza del Trocadero, las escaleras de la derecha.

–Vale.

–¡¿Pero adónde vas?! ¡Javier, dile algo a ese estúpido, que todavía...!

–Pruden, por favor, deja de gritar. Aquí, por lo menos, deja de gritar.

–A mí no me hables así delante de nadie.

–Te hablaré como te tenga que hablar. Y cuando volvamos a casa con la niña, tú y yo vamos a tener una conversación.

–¿Una conversación de qué? ¿Me estás amenazando? ¡Mírame a la cara! ¡¿Me estás amenazando?!

–No, Pruden, te estoy pidiendo que te calles. Que por una puñetera vez en tu vida te calles.

La moto de León arranca y él se incorpora al tráfico del centro de París. Si alguien le hubiera preguntado cómo pensaba encontrar a Lola, qué invento tecnológicamente avanzado, qué palabras mágicas o que instinto animal iba a utilizar, León le hubiera contestado que si el destino hizo que sus vidas chocaran aquella vez, en ese infinito segundo entre millones de segundos, entonces la misma fuerza del destino tenía que ayudarle a volver a cruzarse con ella.

#Trocadero
#MetroParís

De modo que León consigue llegar a Trocadero y aparcar la moto. El espectáculo de los rayos de sol de invierno atravesando las nubes grises sobre el Sena es único, maravilloso. Y justo entonces, con la Torre Eiffel de fondo, León ve aparecer a los famosos vendedores callejeros de los que Alma le ha hablado. Curiosamente, no los espanta sino que comienza a caminar invirtiendo su rastro, cruzándose con ellos para averiguar de dónde vienen.

Enseguida descubre que salen del metro y baja al subsuelo, bajo tierra. Camina tranquilo, se espera en el andén y, efectivamente, del siguiente tren también bajan más vendedores. Es decir, que si coge el tren que viene ahora, en dirección contraria, volverá por donde ellos han venido.

León va buscando paquistaníes. Las estaciones pasan y se sorprende de la cantidad de culturas que viven en ese metro, completamente en paz. Poco a poco, va alejándose del centro, el tren se detiene en otra estación y León ve un grupo de paquistaníes con mochilas esperando en el andén. Baja. ¡Justo a tiempo! Está desorientado, necesita salir a la superficie. Efectivamente, se cruza con más vendedores. Son jóvenes, de su edad la mayoría. Pero no se acerca a ellos, aunque su cara de desorientado le delata y pasa dos veces junto a un chico que lo observa, le sonríe, le está diciendo algo, pero León no le entiende. De repente, por casualidad, el chico le saca un móvil apagado como si quisiera vendérselo. León reconoce esa funda rosa, aunque le extraña que la pantalla no esté rota. Le pregunta con gestos por el precio, el chico le dice que cien, se lo escribe en la palma de la mano. León tiene cuidado de no sacar más billetes de su bolsillo. Coge el móvil con una mano y con la otra aprieta el dinero. El chico hace lo mismo, todos hablan ese idioma desconocido. Al final, ambos sueltan. Ha salido bien. Y León se marcha mientras los otros chavales árabes se ríen, pues todos saben que es un móvil robado y que en cuanto lo encienda estará bloqueado.

#MóvilEncontrado

León sale de la estación de metro, por fin al aire libre.

Bingo, sí que es su móvil, porque la clave de desbloqueo funciona y el fondo de pantalla es un *selfie* de Lola. Al segundo, está sonando. Es la madre de Lola, emocionada al ver que se lo cogen.

–No soy Lola, soy León.

–¡Pero tú de qué vas! ¡Qué haces tú con el móvil de Lola! ¡¿Qué le has hecho?! ¡¿Dónde está mi hija?!

–Páseme a su marido, por favor.

–¡Te voy a pasar una mierda! ¡¿Pero quién te has creído que soy, la telefonista?!

–¡Que me des el teléfono, Pruden! ¿Eres León? Soy Javier, el padre de Lola. Dime, ¿la has encontrado?

–No, he encontrado el teléfono, lo tenían los vendedores que dijo Alma, pero estoy bastante en las afueras de París, les mando la ubicación desde el móvil de Lola.

–Pero ¿sabes algo?

–No, todavía no. He llegado aquí siguiendo a los que le robaron el móvil, creo. Ahora voy a darme una vuelta para ver, y con lo que sea les llamo.

–De acuerdo, León. Nosotros vamos a dar aviso a la gendarmería para que ellos también se personen allí. Muchas gracias, León.

#ParísExtrarradio

Con apenas un vistazo a su alrededor, León se da cuenta de que es el único transeúnte no árabe que hay en ese barrio. Está rodeado de muchachas árabes con velo y sin velo; de chicos árabes en chándal con plumífero; de señores árabes con barba que abren sus negocios o toman el té en la tetería que tiene el cartel en francés y en árabe; de taxistas árabes con turbante; de elegantes árabes que llevan traje y cogen el metro pidiéndole disculpas a León, que no se aparta porque está impresionado.

De pronto recuerda las palabras de su tío sobre no quedarse quieto, no detenerse nunca. Debe relajarse, quitarse los miedos y los prejuicios e intentar que su instinto le lleve hasta Lola. Pero no puede, le asusta tanto árabe a su alrededor, tiene miedo, está tenso. Comienza a andar sin querer huir, solamente andar, relajado, no hay peligro. Busca el rastro y siente algo, como una sensación de vida, sí, seguro, Lola pasó por esta acera. Se detiene, lo ha perdido, vuelve atrás, por esta esquina, casi debe ir con los ojos cerrados para no oír los coches, las voces de la gente, sus diferentes olores...

#LasCasualidadesNoExisten

Se ha chocado con alguien. Es una chica árabe con pañuelo y zapatillas Nike que le mira esperando una disculpa. León no entiende y se da la vuelta.

–¿Lola?

Lo ha oído, no hay duda. León se gira y da los tres pasos que los separan. Sí, busca a Lola. ¿Cómo lo ha sabido? Ella se ríe un poco y hace el gesto de «mírate y mira a tu alrededor». León comprende que es el único diferente allí.

–¿Dónde está Lola?

La chica se molesta cuando León la coge de la mano, eso no está bien allí, y luego echa a andar rápido volviendo por donde venía. León la sigue a dos pasos de distancia, pero enseguida tres chicos empiezan a seguirlos a ellos. La chica dobla dos esquinas, los chicos hablan por teléfono y pronto son cinco los que los siguen a tres pasos más. Por fin, la chica entra al portal de un edificio de cemento bastante feo, de cuatro alturas, sin ascensor ni pintura en la fachada. León se mete detrás. Los chicos árabes también.

Suben las escaleras y ya nadie disimula: la chica sube corriendo, León a zancadas y los chicos deprisa. Ella se deja la puerta abierta justo para dejar entrar a León, cierra rápido y pasa la cadena. Inmediatamente llaman al timbre y golpean la puerta, ella abre y hablan en árabe, discuten, pero eso a León ya no le importa. La casa huele a especias y en el comedor hay una anciana que se levanta por el jaleo y sonríe al ver a León.

–Lola.

Luego, la anciana va a la puerta y les echa la bronca a los chicos que los han seguido. Pero algo ha debido cambiar, porque regresan con un chico joven, posiblemente el hermano mayor. Los tres hablan muy deprisa, en su idioma. Hasta que la anciana se harta, se acerca a León y lo lleva hasta una habitación cerrada donde duerme alguien en su cama.

#SeguíTuRastro

León la ha encontrado. Mientras la abraza y la despierta, mientras Lola sonríe sin poder creerse lo que está viendo, León le pone en la oreja el teléfono robado.

–Sí, papá, estoy bien, te lo prometo, no me ha pasado nada. Estoy bien. No lo sé, papá, no lo sé.

León le dice al padre de Lola que no se preocupe, que está bien, que ya se lo explicará, que enseguida cogerán un taxi e irán al hotel. Y cuelga.

–Mi amor, ¿cómo me has encontrado?

–Buscándote, cruzando países bajo la nieve.

–¿Y cómo sabías que estaba aquí?

–Porque seguí tu rastro.

–Mi León...

El hermano mayor ha entrado en la habitación. Ahora que Lola está despierta, por fin pueden entenderse en francés.

–¿Qué te ha preguntado?

–Que si es verdad que unos chicos me robaron el móvil. Le he dicho que sí. Me ha preguntado cómo eran, pero yo no lo recuerdo, no me fijé.

–Dile que el chico al que yo se lo he comprado llevaba un plumífero azul del Barça y unas zapatillas Nike negras y blancas.

El hermano mayor atiende a lo que le explica Lola, a lo que le cuenta la chica árabe, e incluso a lo que le dice la abuela. De pronto, ordena callar a todos y llama por teléfono.

–¿Recuerdas lo que te pasó?

–Sí, me quitaron el móvil y yo los seguí. Me metí en el metro pensando que podría volver al hotel, pero empecé a tener mucho calor y, cuando me bajé en la misma estación que ellos, creo que me desmayé. Y ella intentó ayudarme, pero como yo no tenía fuerzas, me trajo a su casa y aquí he estado descansando hasta ahora.

–¿Y por qué no han llamado a la gendarmería? Está todo el mundo buscándote.

–Pues porque ella no se atrevía. Aquí no se fían de los gendarmes porque, si vienen, van a preguntarles por el móvil y van a tener problemas.

La abuela y la nieta hablan en francés con Lola.

–¡Ah! Dicen que si los gendarmes vienen, ellas pueden tener problemas con otros vecinos.

–Entiendo.

–Y que estaban esperando a que me levantara para acompañarme ellas al hotel.

La nieta vuelve a intervenir.

–¡Ah! Que cuando te has cruzado con ella era justo cuando iba a buscar a los que me habían cogido el móvil.

Entonces llaman al timbre y es el hermano mayor el que habla.

–¿Qué pasa ahora?

–Dice que cree que ha sido su hermano pequeño el que me robó el móvil.

Abren la puerta y aparecen los chicos con los que León se cruzó en el metro. En cuanto entran y lo ven abrazando a Lola, les cambia la cara y el hermano mayor empieza a reprenderlos a todos, especialmente al que le vendió el móvil a León. Al final, se excusa, parece que los chavales ya se han gastado la mitad del dinero. Sin dudarlo, el hermano mayor saca un billete de su chaqueta y se lo da con una orden. El ladrón se acerca a León con la mirada baja, le pide disculpas en francés y le devuelve los cien euros. Luego, se dirige a Lola y también le pide disculpas. A continuación, su hermano mayor lo saca a guantazos de la casa y regresa para hablar con los agraviados.

–Dice que nos pide disculpas, que está muy avergonzado, que todos ellos son gente honrada, que no debemos llevarnos una mala imagen de los paquistaníes, que sus padres murieron y es él quien debe educar a su hermano pequeño, pero es difícil porque trabaja muchas horas, y que nos ayudará en todo y que él mismo nos llevará adonde queramos. Que lo siente mucho.

–Dile que gracias. Sobre todo a ellas, que son muy buenas.

La nieta y la abuela lo agradecen y tocan con cariño a Lola. Luego cierran la puerta para que Lola pueda arreglarse y le ofrecen a León té caliente con galletas blandas del DIA. Diez minutos después, se oye la cadena del baño y Lola aparece peinada mientras León cuelga el teléfono y se acaba las galletas blandas del DIA.

–¿Vamos?

Tras despedirse con abrazos, se sorprenden al descubrir en la calle a un nutrido grupo de adolescentes paquistaníes que sonríen y los acompañan hasta un Renault Mégane gris que los espera con el hermano mayor al volante y el hermano ladrón de copiloto. León y Lola suben detrás y recorren París desde esos suburbios horribles hasta la autopista de circunvalación y las calles del centro. Hablan, les ponen música, les indican los monumentos y son amables, extremadamente amables, como solo los árabes saben serlo.

Por fin llegan al hotel. La madre de Lola la saca literalmente del coche mientras el padre agradece a todos por lo que han hecho.

–León, te hemos cogido una habitación para que descanses.

–Gracias.

–Te llevarán la moto de vuelta a España por mensajería. Te puedes quedar aquí, hemos hablado con los profesores y el instituto y todos estamos de acuerdo en que te has ganado más que nadie el viaje de fin de año.

–Gracias.

–A ti, León. ¿Verdad, Pruden?

–Sí.

–¿Sí, qué?

–Que sí, que gracias.

–Entonces, ¿León se queda?

–Sí, cariño.

–¿Y vosotros os vais?

–No. Nosotros nos quedamos también.

–Pero mamá...

–Ni mamá ni narices. Bastantes disgustos nos hemos llevado ya. Nos quedamos.

–Bueno, yo voy a ducharme y a dormir un poco.

–¿Puedo ir con él?

–No, Lola, tú no puedes acompañarle. Ni en sueños.

(«Eso lo dirás tú»).

#UnLeónDormidoEnUnHotel

León duerme a la hora de cenar en un hotel del centro de París. No está enfermo pero sí exhausto, tras una paliza, tras infinitas horas en moto contra la nieve, tras la muerte de su tío... Pero León duerme.

Lola llama a su puerta, pero nadie contesta. Se baja a cenar. Cuando sube, vuelve a llamar, pero nada. Hasta sus padres se compadecen del pobre chaval, la paliza que se ha dado, eso no lo hacen todos los chicos. Y Lola lo sabe. Por eso vuelve a su puerta a medianoche. Pero su León sigue durmiendo. Así que decide pasarle una nota de papel por debajo de la puerta. Habitación 402.

–¿Qué has hecho qué, Lola, le has dejado una nota de buenas noches? ¡Qué bonito! Pensaba yo que León era... más... como más... No sé, no me lo imaginaba así, tan calmado. Seguro que si se despierta y lee tu nota, seguro que él también se acerca a tu habitación y te deja una nota a ti.

(«Sí, mamá, una nota»).

#UnaNota

León coge la nota y vuelve goteando a la bañera. No se puede quitar la angustia de la muerte de su tío, como un dolor ajeno que no le deja respirar. Cuando, en realidad, no ha llamado, no ha preguntado si sobrevivió a la hemodiálisis o murió a las pocas horas. No sabe nada y, como un avestruz en un parque de bolas, sigue sin atreverse a llamar.

#MateoHospital

León sostiene la nota mojada en su mano mientras calcula el dolor que le causará a Lola si desaparece ahora, después de haberla rescatado. Pero por más que intenta centrarse en Lola, no se quita de la cabeza a su tío, no puede más, tiene que llamar al hospital. Coge el teléfono del hotel y pide que le pasen con un número de España, un hospital. Ya sabe que es tarde, pero es una urgencia. Gracias.

–Hospital que está junto a la salida 22-A de la carretera de circunvalación, el que tiene un letrero grande que pone HOSPITAL en el tejado, ¿dígame?

–Hola, buenas noches. Perdone que llame tan tarde, pero mi tío estaba ingresado allí y necesito saber su estado.

–Lo siento. Nosotros no le podemos facilitar esa información.

–Ya, la entiendo, solo quería saber si había muerto o no.

–Ay, por Dios, ¿y ese reconcome tienes tú y no puedes venir a verlo tú mismo?

–No, es que estoy fuera, en Francia.

–Ay, Francia, qué bonita es Francia, con lo que a mí me gusta Francia. ¿Qué tiempo hace por allí?

–Frío, mucho frío la última vez que salí.

–Ay, claro, es que está muy al norte, aunque no lo parezca... Espera, espera, que ha vuelto a salir el loco que canta. Lo siento, mi vida, pero ahora no te puedo atender.

Cinco minutos después, León vuelve a pedir a recepción que le pongan con el mismo número.

–Hospital que está junto a la salida 22-A de la carretera de circunvalación, el que tiene un letrero grande que pone HOSPITAL en el tejado, ¿dígame?

–Hola, soy yo otra vez. Quería saber si sería tan amable...

–Ay, eres el francés. Es que verás, tenemos desde ayer a un loco en planta que no deja que le sedemos y que, cuando le da, se echa a cantar de Julio Iglesias. Ni que esto fuera el festival de Benidorm...

–Espere, espere, ¿el loco ese...?

–Sí, mira, ya vuelve a salir otra vez, ahora con *Soy un truhan, soy un señor.*

–Espere, le digo. Ese loco que canta, ¿lleva gafas y se mete el pijama por dentro de los calcetines?

–Ay, por Dios, ¿y tú cómo lo sabes?

–Póngamelo al teléfono, por favor.

–Venga usted, sí, que quieren hablar con usted por teléfono los del festival de Benidorm.

–Sí, ¿quién es? ¿Son del banco?

León se emociona hasta las lágrimas, con la piel de gallina y una sonrisa enorme por teléfono.

–¡Tío, soy yo, León!

–¡León! Qué alegría, pensaba que te habías ido.

–¿Yo, adónde?

–No sé, me desperté y pensé que te habías ido.

–Estoy en París, tío. Ya te contaré. ¡Que me han dicho que cantas!

–Sí, ya ves, me desperté y me dio por ahí, no puedo parar, me apetece cantar, ya ves tú.

–Tío.

–Dime, León.

–Que me alegro mucho de que estés vivo.

–Gracias a ti, sobrino, gracias a ti.

#UnLeónDespiertoEnUnHotel

León cuelga, respira, su instinto se reactiva, saca la mano de la bañera y vuelve a coger la nota. Habitación 402.

Cuando Lola despierta por los golpes, no tiene duda, sabe que esos ojos verdes están ahí fuera, acechándola, como un depredador escondido entre la hierba. Se levanta descalza, abre la puerta... y León la levanta en volandas.

–Un momento, cortaos un poco, ¡que aquí estoy yo!

Es Alma. La han chafado.

León no habla, tan solo respira como un animal al acecho, coge a Lola en brazos y se la lleva en volandas por el pasillo.

–¡Mi tío está vivo!

–¡En serio! ¿Y qué vas a hacer?

–¿Con qué?

–Con todo, con el instituto, con tu tío...

–No lo sé, no tengo ni idea. Me vale con la alegría.

–¿Y conmigo? ¿No te da miedo mi mala suerte?

–No te preocupes.

–Claro que me preocupo. Llevo más tiempo con mi mala suerte que contigo.

–He recorrido más de mil trescientos kilómetros en una moto que se caía a pedazos, Lola. Estoy inmunizado contra tu mala suerte.

–Es que no quiero que te pase nada. Si por mí fuera, nos encerraría en esta habitación y no saldríamos nunca, nunca jamás.

–Tu madre echaría la puerta abajo.

–Mi madre está mal, ¿sabes? Creo que mis padres se van a separar.

–¿En serio?

–Sí, no sé, los he visto muy bordes entre ellos.

–Si se divorcian, tu madre podría casarse con mi tío y seríamos como hermanos.

–No bromees con eso, por favor.

–Perdona.

–No pasa nada, te perdono. Pero dime qué vas a hacer ahora.

–Es que no lo sé. En realidad, tampoco me veo en el instituto, no es mi sitio. No sé, he pensado en ponerme a trabajar. A mí no me gusta estudiar, me gusta leer cuando me apetece, me encanta leer, me puedo pasar la noche entera leyendo filosofía; pero no me gusta que me examinen, no me gusta que me pongan nota, no le veo sentido, para mí eso no es aprender.

–Estás loco, mi amor, siempre tienes ideas raras en esa cabeza. Si no pusieran notas, nadie querría sacar un diez y nadie estudiaría.

–Ya.

–Pero si quieres trabajar, puedo hablar con mi padre. Él es famoso, conoce a un montón de gente. Además, Alma me dijo una vez que podrías trabajar de modelo si quisieras.

–¿Yo? No. No es lo que quiero hacer. No es mi idea de la vida, no quiero que mis hijos digan que su padre no llegó a ser lo que quería ser.

—Nuestros hijos dirán que su padre era un león.

—No, de verdad, yo no quiero nada de eso.

—Pues ¿de qué quieres trabajar?

—No lo sé. A veces pienso que solo quiero irme lejos, coger un avión y marcharme adonde nadie me conozca, comprarme una barca y dedicarme a pescar en la playa.

—Eso lo podemos hacer en Bali cuando nos vayamos de luna de miel a Tailandia. Por mí perfecto, quince días así, tú me pescas las langostas y los del hotel que nos las cocinen mientras nosotros vivimos así en rollo supervivientes.

—No, no es eso. Lo que yo quisiera sería descubrir una isla desierta, conquistarla, crear un país, pilotar una avioneta en África, explorar Nueva Guinea, bucear en Polinesia con unas gafas hechas por mí, trabajar de vaquero en un rancho en Oregón. No sé, solo digo tonterías.

—¿Y yo? ¿Dónde estoy yo ahí?

—¿Tú? A mi lado.

—No son tonterías, amor. Tú has cruzado un trecho de mundo para encontrarme. Y podrías conquistar un país si te lo propones. ¿Qué país quieres conquistar?

—Este.

Dieciséis llamadas a recepción quejándose por el ruido después, León y Lola se han bajado al suelo con la manta y se apoyan en el cristal del balcón para ver París iluminado y mirarse el uno al otro.

#CreoQueNosHaVueltoAPillarTuMadre

Son las nueve de la mañana y ni siquiera llaman a la puerta, tan solo abren. Parecían más, pero es solo la madre de Lola hecha un torbellino de furia porque ha ido a buscar a su niña y, literalmente, le han explicado que León había llegado por la noche y se la había llevado en brazos.

—¡Levántate y sal de ahí! ¡Guarra! ¡Que eres una guarra! ¡Delante de todo el mundo! ¡Te voy a matar! ¡Y encima con este energúmeno hijo de yonquis!

—Pruden, por favor, pare ya.

—Me voy ya, mamá. ¡Pero suéltame!

—¡A mí tú ni me nombres! ¡Y tú no me levantes la voz!

Un sopapo estalla en la cara de Lola, que se marcha corriendo por el pasillo envuelta en la manta. Y llorando.

–¡No te acerques a mi hija! ¡No vuelvas a acercarte a mi hija! ¡Desgraciado! ¡No quiero verte en mi vida! ¡Cállate! ¡Escúchame! ¡Si te acercas a mi hija te pego un tiro! ¡¿Me has oído?! ¡Te pego un tiro!

#TePegoUnTiro

Uno nunca puede imaginar lo que sucederá después del amor, es como querer ver una película después de los créditos, cuando los actores ya se fueron a su casa y solo queda la realidad. Pues la realidad es que los padres de Lola se marchan inmediatamente con su hija y, aunque la moto va camino de su casa por mensajería, a León le han dicho en recepción que debe abonar el coste de su habitación. Alma le mira tarifas de tren en su móvil y hay uno que sale de París y llega a España al día siguiente. Vale, León sale del hotel sin desayunar pero feliz, puede ir andando y tiene tiempo para llegar hasta la estación de trenes París-Austerlitz, de donde saldrá esta tarde su tren. Y eso hace, pasear por París mientras Lola camina deprisa por una terminal del aeropuerto CDG.

#AuRevoirParís

29

#Nochevieja2015
#EspaguetisSinDinero

León y su tío Mateo comen espaguetis de lata en la cocina.

–¿Te gastaste todo el dinero?

–Tú estabas muerto.

–Pues tardaste tú menos en gastarte mi herencia que yo en morirme.

–Tu herencia eran quinientos euros.

–Quinientos euros que ya no tenemos.

–Te recuerdo que te habías muerto.

–Si lo llego a saber, me muero la semana que viene y no te dejo un euro.

–La semana que viene son los Reyes.

–¿En serio?

–Sí, hoy es Nochevieja.

–Ah, ¿y qué vas a hacer?

–Pues había pensado pasarla contigo.

–¿Conmigo, por qué? ¿No tienes novia?

–Sí que tengo, pero ya te lo dije: si me acerco a ella, su madre me ha dicho que me pega un tiro.

–¿Tiene buena puntería?

–Pues no lo sé ni quiero comprobarlo.

–Vale.

–¿Es que no quieres pasar la Nochevieja conmigo? ¡Si soy tu sobrino!

–No, no quiero. No es que no te aprecie, León, es simplemente que tengo otros planes.

–¿Y qué tienes planeado hacer?

–Pues tenía pensado cenar aquí y luego irme a un karaoke.

–Ah. ¿Y qué pensabas cenar?

–Pues tenemos un bote de lentejas y dos yogures naturales sin azúcar.

–Cenaba mejor en el centro de menores.

–Podemos ir, si quieres.

–No, gracias.

–Quizás nos adopten a los dos.

–¿Cantarás?

–¿Dónde?

–En el karaoke.

–Esa es mi intención.

–¿Y no vas a volver a la universidad?

–No, ni aunque me lo pidan de rodillas.

–¿Y de qué vamos a vivir?

–Tengo un plan.

–¿Qué plan?

–No te lo puedo contar todavía.

–Ya.

–Y a ti, ¿quién te dio esa paliza?

–Ah, ni me acordaba. Fueron unos del instituto y Liberto, el chico del *quad*.

–¿El del trasto ese tan ridículo? ¿Por qué? Yo creía que erais amigos.

–Sí, yo también. Pero parece que está loco, que sus padres están locos y que se arrimó a mí para que le hablara bien a una amiga de Lola.

–Qué listo.

–No creo que listo sea la palabra, más bien creo que está desesperado. No sé, me da pena, supongo que todos estaríamos locos con unos padres así.

–Deberías hablar con él.

–¿Yo, por qué?

–Te lo digo en serio: nunca dejes de hablar con un loco, para que al menos sepas lo que está pensando. Además, los locos suelen ser más interesantes que los cuerdos.

–Ya. No sé. Lo pensaré. La verdad es que no me lo esperaba, que un tío que no había roto nunca un plato casi me matara por pensarse que me había enrollado con la chica que le gusta.

–Deberíais resolverlo cantando, como en *West Side Story*.

–¿Qué es eso?

–Un musical.

–A ti te ha dado bien fuerte por las canciones ahora, ¿eh?

–Te equivocas. Siempre fueron mi pasión, me pasé mi niñez y mi adolescencia cantando.

–¿Y por qué dejaste de cantar?

–Porque me equivoqué. Porque me convencieron de que tenía que tomarme la vida en serio.

–¿Y ahora ya no quieres tomártela en serio?

–No, ahora quiero hacer lo que me apetezca. Me lo he ganado.

–¿Pero me puedo quedar a cenar?

–Hombre, claro. Hay lentejas de sobra para los dos.

#NocheviejaKaraoke

Horas después, Nochevieja de 2015, en un tugurio-karaoke del casco viejo de la ciudad, poblado de mujeres de mala vida y hombres de mala muerte, el doctor en Filosofía don Mateo Buendía canta a grito pelado *Vivir así es morir de amor*, del gran Camilo Sesto, mientras su sobrino, León, se ríe y lo protege de varios contrincantes dispuestos a arrebatarle el micrófono, al tiempo que dos coristas con vestido de lentejuelas y uñas postizas le acompañan con una botella de champán que él mismo ha dicho que pagará, aunque no tiene ni tres euros en el bolsillo.

León sonríe, pues es la mejor Nochevieja de su vida. Le llega un mensaje de Lola, que está triste, que... Su tío acaba de besar a una de las coristas. ¿Seguro que es una mujer? Qué importa. León se guarda el móvil y sube al escenario a cantar también. ¡Vivir así es morir de amor...!

#NocheviejaRadio

Por su parte, Lola llora en su cuarto mirando el móvil sin entender por qué le sale que León ha leído su mensaje y no le contesta. Y piensa que quizás le han quitado el móvil, o que se lo ha dejado a algún amigo, o que lo lleva en la chaqueta... El padre de Lola llama a su puerta y le dice que salga, que están todos brindando, que sus primos están supergraciosos imitándole a él en la radio, que lo tiene que ver y que van a llamar a la abuela por Skype para felicitarle el Año Nuevo.

#NocheviejaBenidorm

En su casa, Alma no está. Pues todas las Nocheviejas se va a un hotel de Benidorm con toda la familia, que son ciento y la abuela. Y su padre le hace dormir en la misma habitación con todas sus primas pequeñas y la abuela, por si acaso, que todos los años le cuenta la misma historia de aquel amante ruso que tuvo cuando la guerra. Y de cómo su abuelo no la perdonó nunca. Pero este año le añade un final interesante:

–¿Y tú nunca te has preguntado por qué te gusta tanto la ensaladilla?

#NocheviejaComisaría

En casa de Liberto no hay nadie. Están los tres en comisaría. Matías y Violeta tiraron la nevera por el balcón para darle de cenar a los niños pobres. Cuando Liberto llegó, ya estaba la nevera acordonada en el suelo. Pasarán a disposición del juez de guardia a lo largo de la noche. ¡Feliz 2016!

#ResacaDeAñoNuevo

Por la mañana, León se levanta arrepentido, sin entender por qué no le contestó a Lola. Entiende que debe ducharse e ir a hablar con ella para pedirle disculpas. Tiene el móvil repleto de mensajes y llamadas. Sin imaginar otra alternativa posible, abre la puerta de la habitación de su tío para decirle que se va.

–¡Tío, oye, me voy a...!

Su tío duerme entre las coristas, bueno, por las mañanas son solamente inspectoras de hacienda que roncan. Qué importa.

León se retira y cierra con cuidado de no despertarlos. Y justo cuando abre la puerta para salir se encuentra a Lola, que le cruza la cara de un guantazo. Está loca de rabia, tanto como para escaparse de casa y venir a buscarle. León la intenta arrinconar, pero ella se escapa y le vuelve a cruzar la cara.

–¡Tú me quieres volver a mí loca! ¡Tú estás mal de la cabeza! ¡¿Tú no entiendes que no puedes salvarme la vida un día y olvidarte de mí al día siguiente?! ¿No entiendes que no puedes ser un puñetero héroe que luego no contesta a los mensajes? ¿Por qué lo haces? ¡Que me dejes! ¡Que quiero que me contestes! ¡¿Te crees que soy tonta?! Parece que solo te interesa demostrarles a todos que me quieres, pero que no me quieres, que te preocupa lo que me pase, pero te da igual lo que yo sienta...

–Es que yo no entiendo mucho de sentimientos, Lola. Y no levantes la voz, por favor, que está mi tío durmiendo.

–Eso no es una respuesta, León, no puedes tratarme así. No puedo ser una princesa un día y al otro una mierda. Necesito un término medio. Si no, me vas a volver loca.

30

#DetectivesPrivados

Mateo Buendía y la madre de Lola dan vueltas en coche por el garaje subterráneo de un centro comercial, pues Pruden está convencida de que su marido le ha puesto un detective privado para seguirla. Por eso llamó al tío de León desde una cabina y quedó con él en que lo recogería en la plaza 234 roja de ese centro comercial, para poder salir directa a la calle y dirigirse rápidamente hacia la salida de la circunvalación.

Mateo comprende que debe romper el hielo en ese BMW.

–¿Sabes? Tú y yo podríamos ser amantes.

–Váyase a hacer puñetas, por favor, y cállese.

–Como quieras, pero estoy seguro de que tú también lo has pensado, ¿me equivoco?

–Le juro que si vuelve a abrir la boca, abro la puerta y lo tiro del coche en marcha.

–Está bien, está bien. No se altere.

–¡No me diga que no me altere!

–Está bien, está bien. Cálmese.

–¡Que se calle!

–Ya, ya, ya me callo.

–¡Que! ¡Se! ¡Ca! ¡Lle!

–Ya, ya, la he entendido. Me callo, me callo. Ya me he callado.

Semáforo en rojo antes de la rotonda con fuente circular y chorros de agua. Pruden mira al frente con la vista perdida y la respiración agitada.

–Ya está, ya me he callado. Ya no hablo más hasta que no me digas tú.

Pruden salta de su asiento, coge a Mateo por la cabeza y se lo enfrenta a la suya como para estrujársela.

–¡¡¡CÁLLATE!!!

Y al ver que Pruden por fin le llama de tú, a Mateo no se le ocurre otra cosa que darle un beso en la boca.

#AccidenteEnLaFuente

La madre de Lola estalla, la cara se le desencaja, acelera el BMW a tope en línea recta hacia la rotonda que tiene una fuente dentro.

¡Golpe! ¡Salto! ¡Golpe! ¡Choque! ¡Agua! Y síncope de la conductora loca al volante.

Los testigos rodean el vehículo, la madre de Lola baja los pestillos, y Mateo entiende que es su última oportunidad para negociar.

–Entonces, ¿cien mil euros, una granja grande y cerramos el trato?

–No.

–¿Cincuenta y una granja mediana?

–No.

–¿Veinte y una granja pequeñita? Por menos de veinte yo no...

Un taxista está intentando abrirles la puerta y les toca al cristal para que bajen la ventanilla, mientras la fuente está soltando un chorro de agua altísimo que cae encima del BMW.

–Está bien. Veinte mil euros en un sobre y, antes de que acaben las Navidades, usted y su sobrino habrán desaparecido de nuestras vidas para siempre.

–Exacto.

–Para siempre.

#Trato

Más conductores se han detenido, la rotonda está bloqueada, la fuente está inundándolo todo desde el cielo, y la policía local acaba de llegar.

–Para siempre quiere decir que si alguna vez su sobrino vuelve a ponerse en contacto con mi hija, que si alguna vez me cruzo con ustedes, sacaré la pistola que llevo en el bolso y les pegaré un tiro a cada uno. ¿Me ha entendido lo que significa «para siempre»?

–Meridianamente claro.

–¿Y cómo piensa convencer a su sobrino?

–León es un kamikaze: no hace falta convencerlo, solo subirlo a un avión.

Y la policía los obliga a abrir las puertas y a soplar para ver cuánto habían bebido mientras un detective privado lo graba todo desde su Peugeot 307 negro.

31

#LecturasDeGaraje

El garaje es suyo. Todo lo que hay ahí, aunque es poco, es suyo. Las cajas de apuntes, la moto, esas paredes, la persiana, hasta la bombilla es suya.

León se pasa los primeros días de enero en ese garaje, con el teléfono apagado, sin saber si la necesidad es amor. Necesita a Lola, ese es su principio metodológico, su única verdad absoluta, su imperativo categórico: necesita a Lola. Pero sigue callado leyendo apuntes de filosofía con notas sobre libros que algún día leerá. Esa es su herencia: su padre le dejó una moto, su madre apuntes y libros, y su abuela un garaje para guardar los dos anteriores.

Su tío golpea la persiana, León le ayuda a subirla.

–¿Leyendo?

–¿Qué te ha pasado en la frente?

–Ah, ¿esto? Un pequeño corte, nada grave, un golpecillo. ¿Me puedo sentar?

–Claro, elige: la caja de racionalistas franceses o la de idealistas alemanes. Aplasta con tu culo a los que quieras.

–Elijo a los hermanos Schlegel.

–¿Por lo del alma?

–Por todo.

–¿Ya no te gusta la filosofía?

–No. La odio. No quiero saber nada de ella.

–Pero porque ya la tienes.

–Supongo. Ya no necesito más filosofías. Aunque lo mío es más un dilema teórico-práctico.

–Ya. ¿Has bajado a decirme que no hay cena?

–No, no. Hoy sí. Tenemos sándwiches de máquina expendedora.

–Tu especialidad.

–Sí. Ten.

–Ah, cenamos de *picnic*.

–Sí. Verás, quería proponerte algo, pero no sé muy bien cómo empezar para que no te pille de susto.

–Intenta empezar por el principio.

–Pues el caso es que la madre de Lola te odia tanto que me ha ofrecido veinte mil euros y una granja a cambio de que te aleje de ella lo suficiente para que no la puedas volver a ver nunca, preferiblemente, al menos a un continente de distancia.

–¿Y tú qué le has contestado?

–Pues le he dicho que sí. Pero lo de la granja no ha quedado claro.

–Ya.

–Verás, León, a mí esta situación me resulta bastante incómoda. Prefiero irme y que tú te lo pienses y así yo puedo comerme mi... Ah, me he equivocado, ¿a ver?, dame. Sí, este es el mío, ¿has mordido mucho? No. Vale. Pues ten, este es el tuyo. Es que a mí no me gusta el curri.

–Tío.

–Ay, qué susto me has dado. ¿Qué?

–¿Y adónde habías pensado que nos fuéramos?

–Ahí no puedo darte más pistas, León. Si nos vamos, no podrás decirle a nadie adónde vamos, ni llevarte móvil ni nada con lo que puedan localizarte. Tú cómete el sándwich y piénsalo. Todavía tienes unos días para pensártelo.

–¿Días? ¿Cuántos?

–Cuatro.

–Me tendrás que ayudar a escribir una postal sin faltas. Ya sabes, de las mías.

32

#UnaPostalSinFaltas

«Querida Lola:

No quiero volverte loca, pero todavía no distingo los términos medios. Te necesito, te necesito tanto que a veces me duele. No es que me olvide de ti, es que a veces necesito estar solo. Me he pasado la vida solo y me cuesta, incluso me gusta. Pero también sé que tú eres lo mejor que me ha pasado hasta ahora.

No te escribo para decirte que te quiero, eso ya lo sabes de sobra. Te escribo para despedirme. Te quiero, pero me voy a otro continente y jamás volverás a verme. No espero que lo entiendas y sé que te enfadarás, pero realmente creo que es lo mejor para los dos, pues, si seguimos juntos, tú te volverás loca y yo me volveré loco por no encontrar mi sitio sin dejar de volverte loca. A veces me siento como de otro planeta, como de otra especie entre vosotros, los humanos, y no sé qué decir o qué hacer para no molestar a nadie. No quiero molestar a nadie, pero quiero ser libre. No libre de soltero, sino libre de poder comportarme sin pensar si lo que hago es malo para los demás.

Tú necesitas términos medios y yo algo absoluto, algo que me diga lo que está bien y lo que está mal. Y no creo que lo encuentre aquí. Tampoco espero que tú me busques, pues me voy con mi tío, hemos dejado el piso y no habrá pistas que te digan en qué rincón del planeta he ido a parar. Pero quiero que sepas que te seguiré queriendo siempre y que me acordaré de ti todos los días.

Espero que algún día lo entiendas aunque no te lo haya podido explicar en persona. Espero que algún día me perdones y puedas ser feliz. Yo siempre te querré.

León».

Nadie reparte publicidad ni cartas del banco a las once de la noche, pero si llamas a todos los telefonillos y lo dices, al final alguien te abre. De modo que puedes dar las gracias, entrar, subir al ascensor, pulsar el ocho y llegar hasta su puerta con una carta de despedida en el bolsillo de atrás. Pero cuando Lola te abre la puerta y la ves, con su pelo negro y su piel dulce, ella se enfada y te reprocha:

–¿Qué quieres? Mis padres no están en casa.

Y esas últimas palabras activan un resorte en ti que te vuelve loco y sordo, y te da igual lo que te digan porque tienes que besarla o arrancarás el mundo.

–Déjame, León. No quiero verte más. Mis padres van a divorciarse.

Pero entonces otro resorte salta en ti y recuerdas que lo primordial es protegerla, no devorarla, que estás ahí para cuidarla. Y el abrazo se convierte en un abrazo distinto, que se aprieta para exprimirle todas las lágrimas mientras la arropas entre tus brazos y callas porque aprendiste que cuando una mujer llora, solo quiere desahogarse, jamás escuchar soluciones. De modo que León permanece sentado en el sofá de Lola, frente a la televisión apagada porque se escucha la radio, con la voz del padre de Lola resonando por todo el comedor. Y Lola llora más ahora, cuando le oye hablar, mientras que con los anuncios de El Corte Inglés lloraba menos.

–Dime que tú no me dejarás nunca. Miénteme.

–No te dejaré nunca.

–Dime que tú y yo no nos divorciaremos nunca. Miénteme.

–Tú y yo no nos divorciaremos nunca.

–Dime por qué tengo tan mala suerte.

León calla y la postal de despedida se cae al suelo. Pero es que cuando abraza a Lola siente que no quiere irse, que la encontró, que la necesita para respirar, que la quiere cuando habla, que solo ella puede salvarle de esos demonios que le tiran de la ropa para que se vaya y no le haga más daño.

Cuando León huye por las escaleras y Lola vuelve a su cuarto, ambos se percatan de la carta.

Pero León está corriendo, huye, escapa en medio de la noche abandonando la ciudad, sin teléfono ya. Y es que acababa de realizar un último ritual: dejar el viejo móvil de su tío en el garaje, sobre sus apuntes, junto a su moto. Tras apagar la luz, su tío le ayuda a bajar la persiana y le quita la llave, cerrando así el mausoleo de los Buendía.

–Ahora ya eres libre de nuevo, León. Ve adonde quieras.

Y León va a buscar a Lola.

–¡Pero vuelve, porque el avión sale a las seis de la mañana!

Y León pasa el resto de la noche sentado en un banco, arrepintiéndose de lo que está a punto de hacer.

#FinDeLaParte2

#PARTE3

33

#PasajerosDelVuelo

–¿Adónde vamos, tío?
–A la India. A Bombay.

34

#MumbaiPaused

Bombay es el lugar más maravilloso del mundo. Su aeropuerto es tercermundista y está rodeado de miles de chabolas llamadas *slums*. León y su tío Mateo acaban de aterrizar. Lo primero que sienten, al abrir las puertas del avión, es el calor asfixiante que los ahoga, y cuando sus pulmones respiran por primera vez, se llenan de una mezcla maloliente de gasoil y roña que se impregnará a sus cuerpos para siempre.

Al salir a la calle, los taxistas que los esperan conducen *autorickshaws*, viejos motocarros del siglo pasado a los que sacan brillo con un trapo lleno de mugre. Cuando les dicen que van al Continental Hostel, les sorprende que ese cacharro amarillo y negro arranque y les sorprende ese inmediato atasco de pitidos en una ciudad colonial, británica, monumental, pero en ruinas y superpoblada.

#Slums

Pasan por zonas sin construir donde los postes de la luz tienen cientos de empalmes ilegales y continúan hacia miles de casuchas de chapa y basura donde viven los más pobres de la India, aquellos que se bañan en cualquier charco y a los que les dan todas las rupias como limosna mientras el taxi sigue pitando. León y su tío Mateo acaban de conocer a los habitantes de los *slums*. «Intocables» los llama el taxista.

Y se duermen pensando en la malaria y el calor insoportable.

#Colaba

Pero cuando se despiertan y salen a la calle en el barrio de Colaba, cuando pasean bajo los paraísos hacia el Leopold Cafe y cruzan la avenida entre vehículos que arrollan y taxistas que no dejan de tocar el claxon, se dan cuenta de que esa multitud de vidas caóticas ha estado siempre allí, sin que ellos lo supieran. Y de que Mumbai es el lugar más maravilloso del mundo.

–¡Qué asco de sitio! Aquí te quedas. Yo no pienso aguantar ni un día más en este lugar.

–¡Pero si acabamos de llegar! ¿Por qué querías venir a la India si no te gusta?

–Me da igual, es una ciudad horrible. Ahora que se han ido los colonos ingleses, parece que aquí cada uno vive y come y caga y duerme como quiere. Yo aquí no me quedo, me voy a Goa.

–Pues a mí me encanta Bombay.

–Entonces, ¿te quedas?

–¿Cómo? ¿Qué estás diciendo, que nos separamos?

–Sí, ¿no? Tú te quieres quedar aquí y yo me quiero ir a Goa. No pasa nada, estamos a media hora de avión, no hay problema.

#LeopoldCafe

Toda esta conversación tiene lugar mientras León persigue a su tío por la acera, esquivando indios con camisas blancas, sijs con turbantes, mestizos con pantalones piratas, vendedores con sandalias, trajeados con turbantes de marca, bien vestidos con barbas *hipster*, mendigos con trapos, señoras con pañuelos, ancianas descalzas, sacerdotes con flores, budistas pintados, hinduistas felices, niños pidiendo... Y mientras su tío sigue un mapa enorme que tiene entre sus manos.

–¿Goa? ¿Y dónde está Goa?

–Goa es una provincia que está más al sur, en la zona de la India que colonizaron los portugueses. Y son playas y selva. Yo quiero tener allí mi granja. Hemos llegado. Bienvenido al Leopold Cafe, desde siempre, el café donde podían encontrarse todos los viajeros europeos que llegaban a Bombay.

–Tío, yo no me quiero quedar solo aquí.

–Estoy de acuerdo: vendrás conmigo a Goa. Pero primero debemos comprarnos dos teléfonos móviles para nuestra nueva vida en la India.

León pierde el gesto por un momento.

–¿Todavía piensas en esa muchacha?

–Sí.

–Eso te ennoblece, León. Pero la olvidarás.

–No creo. Ahora mismo, no creo.

–¿Sabías que en el año 2008 pusieron una bomba en este mismo café y que todo el local saltó por los aires?

–No, y prefiero que no me cuentes cosas así, tío.

–Ah, por cierto... ¿Qué miras, León? Ten cuidado con mirar fijamente aquí, eso no está bien visto. Déjala.

–Me ha impresionado. ¿Cuántos años tendrá esa niña?

–Unos cinco, calculo.

–Estaba durmiendo en la acera y se ha levantado y se ha ido.

–Vive en la calle, León. Estás en una de las ciudades más pobres del mundo, y aquí los niños mendigos, los parias, los intocables, son una casta que vive y duerme en cualquier lugar. Dejará de impresionarte.

–Es que esto es otro mundo, tío. Tengo la sensación de estar en otra época. No me puedo imaginar que mientras nosotros estamos aquí viendo a esta gente vestida con trapos y viviendo en esas casas coloniales en ruinas, en mi instituto siguen dando clase de Inglés. Es como haber viajado a otro mundo.

–Lo hemos hecho, León. Hemos viajado a otro mundo. Y tú tienes la misma mirada que tu madre cuando tu padre le hablaba de sus viajes. Qué calor...

–Pero es que este país es increíble, en la vida me hubiera imaginado...

–Venga, que ahí viene el chico. Pide que tenemos que desayunar y comprar los móviles.

Una hora después, en esa misma avenida rota de Colaba, entran en una tienda de móviles que en realidad es un cuartucho con carteles de Samsung, Sony y LG pegados encima de tablas. Y cajas de móviles detrás de vitrinas viejas. Y un indio joven pegado a un ventilador que cabecea. Tras una conversación interminable, aunque entretenida, pues todo el que entraba podía opinar, León ha acabado comprándose el mismo móvil que tenía en España. Y su tío otro igual, que no sabe utilizar ni le preocupa. Resulta extraño, incluso duele, encender un móvil nuevo y no tener a nadie en la agenda. Bueno, ahora sí, a su tío.

–Bien, ya estamos localizados. De todos modos es costumbre, según he leído, utilizar el Leopold Cafe para dejar mensajes a otros viajeros europeos.

–Vale.

–¿Qué te apetece hacer ahora, León? ¿Quieres que cojamos un *autorickshaw* y que nos dé una vuelta por la ciudad?

–¿Un *autorickshaw*? ¿Te refieres a un triciclo de esos a motor?

–Sí. No habrá nada más auténtico. ¿Has visto la película *Slumdog Millionaire*?

–No.

–Pues todo Bombay sale en ella. Vamos.

#ViajeEnAutorickshaw
#MumbaiChowpatty

Desde el motocarro negro y amarillo, Mumbai parece una ciudad enorme junto a un mar gris. Sus edificios son monumentos enormes de la época colonial británica que se mantienen en pie gracias a que están repletos de gente. Si no fuera así, se caerían a pedazos.

Al mismo tiempo, se construyen altísimos rascacielos junto al mayor *slum* del mundo, un barrio de chabolas pegado a las antiguas lavanderías, donde infinitas personas trabajan al aire libre en pequeños lavaderos. Y siempre hace calor, un calor de ventilador y pañuelo sucio por la frente.

Y como nadie controla el tráfico, todos pitan al compás del caos con tal de colarse por algún hueco. Sobre todo los coches y los *autorickshaws*, que no pueden con los miles de motos que recorren la ciudad por sus avenidas a medio reconstruir.

La segunda capital de la India tiene un parque enorme donde se juega al críquet y una estación de trenes enorme, en honor a la reina Victoria, por donde pasan miles de indios cada día.

En el paseo marítimo para ricos está el hotel más caro de la ciudad. Y luego, para todos los demás, está la playa Chowpatty, una vieja playa donde todavía resiste un tiovivo manual y donde los indios van a bañarse vestidos y a cenar arroz con pollo tikka massala mientras se hacen fotos con el móvil y ponen música de Bollywood.

León y su tío Mateo se comen un helado sentados en la arena mientras el taxi los espera al otro lado de la avenida y los pájaros negros de vez en cuando bajan a picotear algo en la orilla.

–Qué mundo más extraño.

–Sí.

–¿De verdad podremos vivir aquí para siempre?

–Yo no. Yo me voy a Goa a por mi granja.

–Creo que me iré contigo. No me apetece quedarme solo ahora.

#LolaAnteElDivorcio

Mientras tanto, en España, Lola aguarda en la sala de espera de un despacho de abogados donde sus padres se han citado para establecer unos puntos de acuerdo. La abogada abre la puerta y la invita a entrar. Aunque Lola ya sabe lo que le van a preguntar.

–Hola, Lola. Siéntate ahí si quieres. Verás: como ya sabes, tus padres han decidido tomarse un tiempo de reflexión y me han pedido a mí que arbitre todas las decisiones en común que deban tomar mientras dure este periodo de reflexión. ¿Me entiendes, Lola?

–Pues claro que lo entiende. No es tonta, por favor.

–Pruden...

–Está bien.

–Sí, lo he entendido.

–Bien, en realidad solo te voy a hacer una única pregunta, que quiero que me respondas. Si no quieres contestar delante de ellos, les haremos salir; si crees que no puedes contestar ahora y necesitas pensarlo, esperaremos e incluso podemos citarnos en otro momento. ¿Me entiendes, Lola?

–Sí.

–Bien. La pregunta es: durante este periodo de reflexión, única y exclusivamente durante este periodo de reflexión, y sin que sirva de precedente para situaciones futuras, ¿con qué progenitor quieres vivir? ¿Me has entendido, Lola?

–Con mi padre y en mi casa.

–¡Pruden, por favor!

La madre de Lola se levanta enfadada y sale de la reunión dando un portazo.

#ConMiPadre

Al cabo de una hora, son las doce y Lola está en el instituto esperando a que Alma se escape para irse juntas a comer al VIPS.

–¿Y qué cara ha puesto tu madre cuando se lo has dicho?

–Ninguna. Se ha levantado y se ha ido hecha una furia.

–Qué fuerte, tía.

–Sí, no sé. Llevo mandándole mensajes toda la mañana y ni los lee.

–Y tu padre, ¿qué dice?

–Mi padre va de bueno, a todo dice que sí. Cree que así lo va a arreglar.

–Pero ¿tú crees que quieren arreglarlo?

–No sé, a veces pienso que sí y a veces que no. No lo sé.

–Cuando mis padres se divorciaron, yo ni me enteré, tenía dos años. Mi madre se fue a vivir a Santander y casi ni la veo. De vez en cuando me habla por WhatsApp, pero tonterías. Sé que tengo dos hermanitas, pero ni las he visto.

–Ya, es raro que las dos nos hayamos quedado con nuestros padres.

–Yo no, tía, yo es que mi madre dijo que no quería la custodia. Ella se fue a Santander y pasó de mí.

–Ya, qué fuerte, yo eso no lo haría nunca.

–No sé, tía, eso nunca se sabe. Imagínate que dentro de diez años tú vas y estás casada, tienes hijos y de repente aparece León y te dice que te vayas con él a Australia. ¿Qué harías?

#Australia&Matemáticas
#Algoritmos&Lágrimas

El camarero da un paso atrás e intenta disimular al ver la cara de Lola surcada de lágrimas.

–Perdona, tía, no tenía que haberte dicho nada. Soy imbécil.

–No, si es que es todo: lo de León, lo de mis padres, esta mañana se me ha caído el móvil en la ducha y se me ha vuelto a romper la pantalla...

–No sabes nada, ¿no?

–No. Tengo todas las rutas de los aviones que salieron esa mañana y estoy con los apuntes de matemáticas para encontrar una ecuación o un algoritmo para saber adónde hay más probabilidades de que se fueran.

–Tía, ¿y eso se puede hacer?

–A mí es lo único que se me ha ocurrido.

–Pero eso tiene que ser superdifícil.

–Ya, me da igual, me da igual lo difícil que sea. No me puedo quedar quieta. Si me quedo quieta, no entiendo nada y me vuelvo loca. De manera que tengo que estudiar matemáticas para no volverme loca.

–Ya.

–Mira, mi madre acaba de contestarme ahora.

–¿Qué dice?

–Que la perdone, que me invita a comer en El Corte Inglés.

–¿Y qué vas a hacer?

–Nada, le voy a decir que ya estoy comiendo contigo.

–Se va a enfadar.

–Lleva toda la vida enfadada.

35

#GoaParaíso

El avión que vuela de Mumbai a Goa es pequeño y está plagado de turistas ingleses en pantalón corto unisex que viajan a un destino de playas paradisíacas.

En menos de una hora, el paisaje ha cambiado: ya no se ven los *slums*, sino una costa verde y el meandro de un ancho río junto al que se construyó la Vieja Goa.

En el exterior les espera el mismo calor de antes, pero esta vez limpio, con olor a río, selva y océano Índico. León y su tío Mateo por fin pueden respirar. En las afueras del pequeño aeropuerto, contratan una furgoneta que los lleva por una carretera de curvas que cruza palmeras, poblaciones de costa, vacas junto a la carretera, turistas en motocarros y hasta algún que otro elefante que circula en la misma dirección. Tras atravesar un puente metálico que supera el río, se meten de cabeza en la antigua ciudad portuguesa de Goa; pero no se detienen porque más allá, en el impresionante Hotel Marriott, les espera un indio con un turbante blanco, un traje gris de corte elegante y una barba bigotuda tan negra como sus ojos.

Y León odia los bigotes desde pequeño.

#HotelMarriott

Mientras su tío paga al taxista de la furgoneta blanca, León se siente como un explorador dentro de aquel hotel lujoso lleno de vigas de madera y techos altísimos.

Se han sentado en una mesa, rodeados de plantas tropicales. Allá arriba giran ventiladores de latón y una camarera impoluta les pregunta qué quieren tomar para cenar. Pescado y arroz, básicamente, pero con un nivel de lujo y sensación de colono atendido en el siglo XIX que León no olvidará jamás. Quien les habla en perfecto inglés, mucho más perfecto que el suyo, es un comerciante atento, cuidadoso en los detalles, presto a solicitar que les sirvan más agua o a exigir que les lleven los tés a la terraza, desde la que León ve la desembocadura del río por la que cruza un viejo carguero oxidado.

#ElDelBigote

El negocio está claro: la ley gubernamental prohíbe que un extranjero pueda ser propietario de una granja en la India, pero sí que le permite alquilar una a un propietario indio, siendo lo más idóneo y rentable un alquiler para tres años. El presidente de la Cámara de Comercio, el del bigote, le muestra a Mateo fotos en su iPad de una granja espectacularmente enorme y hermosa, casi un latifundio. De hecho, incluso ha conseguido que encaje en la mitad de su presupuesto. Ahora solo falta que le entreguen todo el efectivo a él, al del bigote, para acelerar los trámites y gestionar todo en su nombre. De lo contrario, la burocracia india podría hacer que tardaran entre seis meses y un año en obtener todos los permisos.

Mateo está decidido, quiere ir a ver la granja mañana por la mañana y firmar cuanto antes. A León todo esto no le huele bien. Pero el del bigote tiene un último detalle: en lugar de dejar que se marchen a cualquiera de los *hostel* que pueblan las playas, les invita personalmente a quedarse en ese Marriott cinco estrellas donde están. Ya les ha reservado la habitación y no aceptará un no por respuesta. En Goa las cosas se hacen así.

Y el lujo es embriagador, a la orilla del océano Índico, sobre una colina que domina la Vieja Goa, con el río ancho y pardo al otro lado y la selva perdiéndose en el horizonte... León y su tío se sienten colonos del siglo XXI.

#LaPlantaciónDeCafé

Por la mañana, tras un opíparo desayuno en el Marriott, el presidente de la Cámara de Comercio los espera en el *hall* del hotel, muy elegante y contento de volver a verlos. Les pregunta si han pasado una buena noche y les pide que lo acompañen a su coche particular para llegar a la granja. El coche es un Range Rover con el que se perderán entre carreteras con motos, caminos con elefantes y sendas con charcos hasta llegar, una hora después, a una colina donde inmediatamente acude un indio delgado para presentarse como guía y enseñarles la plantación de café. Todo es perfecto, Mateo está encantado, es una ladera completa y, a sus pies, hay dos edificios de ladrillo, chapa y madera donde trabajan cinco o seis hombres que los observan cuando pasan junto a ellos con el Range Rover.

–Es mejor no bajar, señores. Mejor no dar explicaciones a estos campesinos, o empezarán a exigir contratos y rentas antiguas que podrían retrasar la firma.

–¿No podemos bajar?

–Como ustedes quieran, pero si me hacen caso, esta misma tarde podríamos firmar el contrato de alquiler y mañana mismo podrían instalarse; mientras que si los trabajadores se informan de la operación, todo el papeleo se acabará retrasando, puesto que ellos exigirán que todos los documentos se hagan a su nombre, en lugar de hacerse al nombre de la sociedad que yo le ofrezco...

–De acuerdo, de acuerdo, vayamos a firmar.

#Liberto&AlmaDeLola

De pequeña, Lola solo quería jugar con el Lego; de hecho, su única Barbie acabó en el microondas. Ahora Lola y Alma van en metro al centro para cambiar algunas cosas del Pull&Bear y del Bershka. Comprar es una estupidez, ambas lo saben, pero cualquier excusa es buena para estar juntas y hablar mientras pasan las estaciones y suben y bajan pasajeros en silencio mirando sus móviles o con los cascos puestos.

–¿Te enteraste de que mi padre fue a hablar con Liberto?

–¿En serio?

–Sí, tía. Cuando se supo lo de la paliza a León, la dirección del instituto estuvo investigando para saber quién lo había grabado y colgado en Facebook. Y al final resultó que eran dos, que el que lo grabó fue Liberto, pero el que lo subió fue Pepe «el Pequeño». Y la policía fue a buscar a Pepe y a Liberto lo fue a buscar mi padre.

–¿Tu padre? ¿Por qué?

–Pues porque cuando salió todo esto, ya no aguanté más y se lo dije, tía. Además, que él es detective privado, que no es tonto.

–¿Qué le dijiste?

–Es que... Uf, tía, tú no sabes la temporada que lleva mi padre desde lo del secuestro, que ni duerme ni come ni trabaja ni hace nada, y llama todas las noches a un programa de la radio que ya ni le cogen el teléfono. Y todo el día con lo mismo: que él necesita saber quién fue, que se lo diga. Pero a mí me daba miedo, tía. Me daba miedo que, si se lo decía, le hiciera algo a Liberto, porque como tú me decías que era un tontorrón y que todo fue que le salió mal y que León decía que era un buen tío...

–Ya, que nos engañó a todos.

–Pues eso, y cuando ya pasó lo de la pelea y eso, pues ya dije... que le den. Y se lo conté a mi padre, tía, pero le dije lo que él le había dicho a León que había pasado.

–Ya. ¿Y tu padre qué hizo?

–Pues se fue a buscarlo a su casa.

–¿A su casa?

–Que sí, tía, qué fuerte. Que resulta que sus padres eran los locos estos que aparecían de vez en cuando por el instituto vestidos con albornoces y cosas de esas, ¿no te acuerdas?

–Sí, claro.

–Pues tía, esos son los padres de Liberto. Qué fuerte.

–¿Pero están locos de verdad?

–Sí, no. Están locos y son unos borrachos. Mi padre fue a su casa y flipó en colores.

–Ah, ¿y por eso Liberto está... es tan raro?

–Pues si te cría alguien así, ¿cómo puedes salir? Bastante bien ha salido Liberto, tía.

–Bueno, pero eso tampoco es excusa, Alma, que él también es un mentiroso y un cobarde. Lo de grabar la paliza que le dieron a León no creo que se lo hayan enseñado sus padres, para eso hay que ser malo.

–Ya. Pues por eso ahora mi padre se dedica a ir a su casa o quedar con él para hablar con él.

–¿Con Liberto?

–Sí, tía. Flipas. Dice que por un lado le da pena, pero que, por otro lado, la única manera que tiene de protegerme de él es tenerlo cerca. Que eso es un proverbio chino o algo así. Tener a tu enemigo cerca.

–Tu padre ha perdido el juicio...

–No, no te creas, tía, piénsalo. Él me lo dijo. Si denuncio a Liberto por lo del secuestro, te digo yo que en cuatro días está en la calle y ha conocido a más pirados y encima me odia más... Mientras que si hacemos lo que dice mi padre... al menos lo tenemos controlado.

–Ya, pero es un poco raro.

–Dímelo a mí, tía. Ayer se lo llevó al cine.

–¿A Liberto?

–Sí.

–¿Y tú te has enrollado con él?

–No.

–¿Pero tu padre se lo ha llevado al cine?

–Sí.

–¿Y él quiere enrollarse contigo?

–Más que ir al cine.

–Qué raro.

–Ya, tía.

–¿Y tú qué vas a hacer?

–Pues enrollarme con él en cuanto mi padre me lo prohíba.

#Impaciencia
#AquíHayAlgoQueNoCuadra

Para más sospecha de engaño, la firma de toda la documentación para el alquiler de la plantación no se produce en la oficina de un notario, sino en un entresuelo con aire acondicionado que hay encima de un garaje al que acceden por una puerta metálica.

Aquí hay algo que no cuadra. León se lo dice a su tío en español, pero él no le hace caso porque está impaciente. Así que Mateo firma uno tras otro todos los papeles, saca dos fajos de euros en billetes de quinientos y se los entrega al del bigote, que les entrega, por su parte, un enorme rollo de rupias gastadas. Ya está, mañana por la mañana los recogerá en el Marriott para que puedan instalarse en la granja.

Y León está convencido de que los han engañado.

Por desgracia, su angustia pronto deviene en desgracia, pues al llegar al Marriott, eufórico Mateo y angustiado León, descubren que ya no tienen ninguna habitación reservada, que de hecho han tenido problemas para cobrar la que les «pagaron» anoche y que los van a denunciar a la policía si no abonan inmediatamente todo lo que deben. Su tío les explica que no hay ningún problema, que será todo un malentendido, que va a llamar a su socio el presidente de la Cámara de Comercio y... el número al que llama está apagado o fuera de cobertura en estos momentos.

#ElTimo
#SinDinero

Mateo mira a su sobrino con dignidad estoica y ganas de llorar de niño. Pero seguro que es un malentendido. Seguro que todo tiene una explicación.

–Mañana a primera hora vamos a la granja y ya verás que está todo correcto, León.

Consiguen saldar la enorme deuda del Marriott cinco estrellas con el ridículo fajo de rupias que no valen nada y con el resto de euros que guardaban para el día a día. Resultado: no les queda dinero. Y sospechan que los han engañado.

#JoaoPereira

En ese momento, un hombre que ha asistido a todo el curioso episodio se acerca y les habla en español. Es Joao Pereira, agente inmobiliario para Villas de Lujo en Goa, portugués de madre extremeña. Al minuto de escucharlos, los invita a tomar algo en la terraza, pues está muy interesado en el asunto. Al final, pone mala cara, él también lo piensa, parece que hay gato encerrado. Sobre todo, cuando el tío de León le confiesa que le entregó todo su dinero en efectivo. Aunque les vuelve a preguntar dos veces si de verdad Mateo es un profesor de Filosofía que lo ha dejado todo para montar una granja aquí en Goa, y se coge la cabeza con las manos cada vez que Mateo se lo cuenta.

De todos modos, y como entre compatriotas debemos ayudarnos, les entrega una tarjeta de visita con su número personal: Joao Pereira, agente inmobiliario para Villas de Lujo en Goa. Encantado.

–Joao.

–¿Sí, amigo?

–Me cuesta mucho decir esto, pero no tenemos dinero para pasar la noche aquí en el Marriott, ni mucho menos para pagar un taxi que mañana nos lleve a la granja. ¿Sería usted tan amable de ayudarnos? Le prometo que se lo devolveremos en cuanto resolvamos todo.

–No se preocupe, amigo mío. Encontraremos una solución, por supuesto.

#VillasDeGoa

Por las indicaciones que Joao va dando en voz alta, acaban de subir la colina más alta de Goa la Vieja y ahora están muy cerca de una de las famosas villas coloniales que aparecen en Google y en todos los libros por lo hermosas y caras que son.

–Ustedes dormirán en esta. Si les parece bien.

–Pero esto es demasiado, Joao, en la vida podríamos agradecerle tal generosidad. Le aseguro que nos conformaremos con una parte minúscula de tan enorme mansión.

–No se preocupe, amigo mío, ustedes no tienen nada ni conocen a nadie aquí. Se han equivocado, pero si mañana siguen aquí, hablaremos. Ahora descansen.

#LaMansiónDelDivorcio
#FilósofoEnRidículo

Por la mañana, amanecer en la India, un barco mercante toca su bocina al entrar por la desembocadura del río y Joao abre la puerta que cerró anoche.

–¡Amigos!

Nadie contesta.

–¿Amigos?

Aparece Mateo en el jardín, como si de verdad fuese el dueño de esa mansión colonial.

Se ha pasado toda la noche discutiendo con León, están enfadados, no se hablan. De hecho, ha sido una discusión tan desagradable, tan larga, tan hiriente, que ya las cosas no han vuelto a ser igual entre ellos. Deben permanecer juntos, sí, eso lo saben ambos; pero hablarse, disimular el rencor escupido a la cara de ahora en adelante... eso ya va a ser más difícil.

León culpa a su tío de todo, mientras que Mateo debe callarse los motivos y no escupirle a la cara que están allí por su culpa, o al menos por culpa de los dos; pero que si León no hubiera aparecido, él seguiría en la universidad y su vida sería normal. Y León se enfurece porque no quiere gritar. Y ambos aprietan los puños y se odian en aquella mansión del divorcio.

–Buenos días. ¿Caras largas? ¿Han dormido mal? No se preocupen. Los invito a desayunar.

–Gracias.

–Gracias, pero no tenemos tiempo, Joao. Necesito llegar a mi granja, usted me entenderá. Después, seré yo mismo quien le invite.

–Como quiera. Bien, suban al coche. ¿Dónde está la granja?

Y, para sorpresa de todos, Mateo recuerda hasta la última piedra en la cuneta de ese recorrido de kilómetros por carreteras de playa, pueblos de pescadores y selva que los lleva de nuevo ante la dichosa plantación. Enseguida aparece un hombre pelirrojo que los saluda en inglés. Joao no lo conoce, pero hace de amable intermediario. Inmediatamente, el tío de León toma la palabra ante las caras de extrañeza del pelirrojo y le enseña la documentación hasta que... el pelirrojo estalla en un carcajada enorme que comparte con sus trabajadores, que han ido acercándose y rodeándolos conforme la explicación se hacía más interesante. El dueño le pide disculpas, le coloca la mano en el hombro y le dice que le han engañado y que la granja es suya y jamás ha pensado en venderla. Y todos miran a Mateo y se ríen, de esas risas que te enseñan todos los dientes.

#Lola&AlmaDeLeón
#Papas&Nocilla

Lola y Alma han quedado en casa de Lola para estudiar. Están merendando papas con Nocilla.

–Es que me da rabia por eso, porque solo discutimos. Una discusión normal y de pronto no es que te apague el móvil o te deje de hablar o te elimine del WhatsApp, es que desaparece. Es que la bofetada ha sido tan gorda que aún estoy que no me entero.

–Ya, tía.

–Pero tú piénsalo: por culpa de León se me ha metido ese miedo en el cuerpo de que si discuto, si me pongo chula, el otro puede coger, enfadarse, subirse a un avión y desaparecer del mundo. ¿Es que ya no puedo discutir? ¿Ya no puedo quejarme porque me da miedo que la gente desaparezca si me quejo?

Todo eso con una papa en la boca y los dientes manchados de Nocilla. Y con los ojos llorosos.

–Ya, tía. A mí me pasa lo mismo con el imbécil de Liberto, que ahora pienso que nadie me dice nada por WhatsApp porque todos creen que estoy con Liberto. Y Liberto con quien está es con mi padre.

–Ya. Pero es que a mí se me ha venido todo encima. Me enfado con León, me enfado con mi madre y desaparecen los dos. ¡Es que es como si no me pudiera enfadar con nadie! Y te lo juro que no lo entiendo, te lo juro que hay noches en que me harto de llorar y sigo sin entenderlo. Y lo peor es que... que no se va a arreglar, que no lo voy a volver a ver, que ya no está, Almi.

–Ya, tía. Yo el otro día soñé que estaba en un avión.

–¿Quién, él?

–No, yo.

–Ah, bueno. Yo soñé que León estaba en Australia y que bebía de un charco, pero que me veía y se iba corriendo. Y Australia era así como el suelo todo de acera y yo escribiendo raíces cuadradas en el suelo.

–Ya, tía. Pero eso es por lo que te ha dado ahora con las matemáticas, que has dejado al profe todo flipado con la pregunta esa que le has hecho de las probabilidades.

–Ya. Pero es que es lo único que me distrae, Almi. No sé. Si a mí nunca me habían gustado las matemáticas, pero desde lo de León las veo de otra manera, no sé, es como si pudiera explicar el mundo, cómo funciona todo, con fórmulas matemáticas. Y como me han pasado tantas cosas que no entiendo, las necesito para poder entender lo que me pasa, porque si no me vuelvo loca.

–Ya, tía.

–No, en serio, cuanto menos entiendo a las personas, más me gustan las matemáticas.

#GoaPortuguesa

En Goa, cerca de la iglesia de la Inmaculada Concepción, el agente inmobiliario Joao Pereira tiene su despacho y su casa, una enorme y antigua mansión al estilo colonial, con sus paredes blancas y su jardín.

Es allí, sobre una mesa de madera gruesa y barnizada, donde repasa uno a uno los documentos de Mateo, con la esperanza infantil de que algún error le permita recuperar no ya todo, pero sí al menos algo de su dinero, aunque solo sea para que León y su tío puedan regresar a España.

–No.

–¿No qué, Joao?

–No. Usted no compró una granja...

–Alquiler, fue un alquiler.

–No. No hizo usted un alquiler. Le engañaron. Usted lo que hizo fue un contrato de representación legal para que un agente inmobiliario le buscase el alquiler de una granja. Y pagó usted por eso... unos diez mil euros en rupias. Más luego un contrato de cambio de moneda por...

–Es decir, que le pagué...

–Usted le pagó para que le buscara granjas durante un año.

–Pero si no tengo dinero, ¿para qué voy a buscar granjas si él me ha robado mi dinero?

–Y además lo ha contratado usted como abogado.

–Hijo de la gran...

–Una curiosidad, Mateo. ¿Cómo conoció usted a este hombre? Porque no es de Goa. Yo he estado preguntando y no lo conocen en ningún lado.

–Lo conocí por internet.

–Ah, internet. Yo no tengo internet. No sé internet. Si alguien quiere una casa, viene a buscarme y me dice: «Hola, Joao, quiero una casa». Y yo le digo: «Muy bien, vamos a ver casas».

–Ya. Eso debí hacer yo. Y no ser tan estúpido. Por Dios, cuánto se debe estar riendo ese tipo de semejante imbécil como yo.

–Vamos, tío. Deja de quejarte. Nos hemos equivocado y ya está. Alguna manera encontraremos de volver a España, no sé.

–No lo quieres entender, León. Ya te lo expliqué anoche. Yo no pienso volver, no tenemos ningún sitio al que volver. Y yo no quiero, además. Por primera vez he hecho algo, por primera vez he tomado una decisión y sé lo que quiero: quiero vivir en Goa y tener una granja. Yo no quiero volver. Nunca. Nunca jamás.

Joao sonríe. El tío de León se mosquea.

–¿Qué ocurre? ¿He dicho algo gracioso?

–No, al contrario. Verá, amigo, yo tengo su granja.

–¡Vaya por Dios, otro que me quiere timar!

–No diga eso, por favor, y escúcheme. Aquí en Goa, más hacia las playas, por la carretera de Majorda, conozco a una viuda cuyo marido murió hace apenas unos meses. Ella se encuentra ahora mismo en una situación muy complicada, puesto que el matrimonio nunca tuvo hijos y la familia del marido puede quitarle la granja.

–¿Y qué quiere usted que haga yo, que me case con ella? ¡Vamos, por Dios!

–No, no. No diga usted tonterías. Esto es un tema muy serio para mí. Conozco a esa mujer desde hace mucho y la aprecio. Si usted no hubiera aparecido, yo mismo habría hecho esto en mi nombre.

–Muy bien, Joao, pero ¿qué es lo que quiere?

–Lo que le propongo, Mateo, no se lo habría propuesto sin saber al cien por cien, con la mano en el fuego, que es usted un hombre de fiar.

–Y como soy tonto, soy de fiar. ¿Está usted diciendo eso?

–No, eso no es así.

–Sí, tío, ha dicho eso.

–Dejémoslo en que usted ha pasado la prueba, digamos, de voluntad, y que además es una buena persona. Por eso yo ahora puedo proponerle este negocio: que usted le alquile la granja a esta viuda y así ella pueda defenderse de su familia política.

–Ah, entiendo. Pero ¿por qué no lo hace usted, Joao? ¿Por qué tengo que ser yo? ¿Y de dónde voy a sacar yo el dinero? ¿De mi amigo el timador del bigote?

–No se enfade, Mateo. Escúcheme, porque todo en la vida es una senda que a veces no vemos hasta que la hemos pisado y damos la vuelta. No le estoy engañando; es más, yo mismo le prestaré el dinero para que usted pueda alquilar la granja y ayudar a esta amiga.

–¿Cómo es la granja?

–Oh, le aseguro que no es tan grande como la que han visto. Es pequeña, como para una familia.

–¿Cuándo podríamos verla?

–¿La granja o a la viuda?

–Las dos.

–Deme usted algo de tiempo. Las cosas en este país no van tan rápido como en España. Ya se acostumbrarán. Bienvenidos a la India.

#EspañaCosasRápidas

Ya es de noche, pero en su casa no le abren y Alma debe buscar sus llaves. Cuando entra, parece que no hay nadie. Es cierto, es que a veces su padre está en el ordenador con los cascos aprendiendo inglés y no la oye. Pero no, su padre no está. Qué raro. Y justo cuando Alma va a entrar a hacer pis al baño, su padre abre la puerta y asoma la cabeza.

–Cariño, que perdona, que se nos ha hecho tarde. Es que hemos ido al museo. ¿Todo bien? Luego te cuento, increíble, genial. Voy un momento a acompañar a Liberto a su casa y vuelvo. ¿Tú bien? Me alegro, me alegro, cariño. Nada. Eso. Vengo enseguida.

Alma llama por teléfono sin levantarse de la taza del váter.

–Tía, ¿sabes quién estaba con mi padre? ¡Tía, yo flipo! ¡Mi padre y Liberto! ¡Pero es que yo no entiendo nada! Pero ¿tú lo entiendes, tía? ¡Que se han ido a un museo, tía! ¡Pero si a mí a lo más parecido a un museo que me ha llevado es a la tienda Disney! ¡Es que...!

Lola deja el teléfono despotricando sobre el edredón y sigue leyendo matemáticas encima de la cama. Es la única manera que ha encontrado de comprender la fuga de León y el divorcio de sus padres.

36

#OtoñoEnLaIndia
#PrimaveraEnEspaña

Han pasado dos meses. Marzo. Primavera en el hemisferio norte y otoño en el hemisferio sur. Primavera para Lola y otoño para León. En la India está llegando el monzón, aunque todavía son solo brisas y lluvia fina, mientras que en España ya hay almendros en flor y alguna tormenta de ciudad que deja charcos en el asfalto.

Y cuando, siendo ya un anciano, Mateo Buendía comprendió que moría, recordó aquellos primeros meses en la granja como la época más feliz de su vida.

#Meena
#Incienso&Orquídeas

León se levanta temprano, le despierta el sonido de la llovizna sobre el techo de chapa. La humedad y otro amanecer gris lo inundan todo en ese almacén de adobe y puerta de tablas donde duermen él y su tío. Por supuesto, está solo: Mateo hace tiempo que se afana a oscuras en seguir cavando, cortando, plantando y arreglando todo lo que encuentra a su paso. Estará por ahí. Todo se vuelve costumbre muy deprisa.

León cruza la cerca de alambre y palos, y se dirige a la casa de la mujer india viuda. Se encuentra con un gato negro empapado, un magnolio enorme de flores blancas bajo el que casi no llueve y tres palmeras altas junto al gallinero redondo hecho de ramas. Meena se dedica a cultivar orquídeas mientras su tío se empeña en plantar estupideces que no crecen.

La puerta de madera está abierta, lo que significa que, pese a que todavía no ha amanecido, Meena ya está levantada y ha calentado agua para el té. León toca a la puerta y le da los buenos días. Huele a humo y a incienso.

—Namasté.

No hay respuesta. Huele todavía más a humo y a incienso.

Meena es una mujer sin edad, siempre mira al suelo y parece incómoda cada vez que se encuentra con ellos. Pero eso es porque siempre le está doliendo algo. Lleva el puntito rojo que tanta gracia les hace y un vestido amarillo cruzado con una tela estampada granate o similar. Tiene la piel oscura y los dientes menudos. Y como no les habla, no saben muy bien cómo es su voz. Aunque sí saben que huele a incienso y a orquídeas.

Meena vive en la granja, cultiva, atiende a los animales y prepara el té y el arroz blanco que todos comen en tazas de aluminio. A veces cocina pescado. A veces se marcha a un mercado. A veces sonríe si está sola y los observa por la ventana, mientras un gato negro le roza los pies. Otras veces llora si piensa en sus cuñados y echa al gato de casa. Le gusta la lluvia, sobre todo el monzón de invierno que vendrá pronto, porque todo se vuelve silencioso, todo obedece al murmullo del agua y del viento, que agita las palmeras y mueve el agua del arrozal.

A León le gustaría decirle que él tiene un don, que percibe la soledad y que la nota en ella. Pero Meena lo mira de espaldas y está pensando en que debería añadir un poco de curri al arroz, pero la hemorroide la está matando y pone cara de pena porque le duele. Y León la mira, le sonríe y no sabe que confunde soledad con hemorroides.

#LosPortuguesesIdiotas

La familia política de Meena habla mal de ella por toda Goa, sobre todo el hermano pequeño de su difunto marido, que es feo de castigo y que habla por boca de su madre, todos lo saben bien. Aunque ella viva en la granja, las cosas que pasan en Goa llegan pronto al campo. Y ellos la odian y murmuran sobre su amistad con Joao y los otros portugueses, pues a los tres los llaman así. Que por mucha valla que haya y por mucho que duerman en la cuadra, eso no está bien. Que la granja debería ser suya y no de esa ladrona de Meena que se acuesta con portugueses idiotas.

#MonzónDeInvierno

Nunca hace frío, la lluvia trae viento, pero el gris lo inunda todo y te cala hasta los huesos. A veces, León toma el sendero entre la selva y las plantas parecen estar vivas a su paso. Luego llega a la playa. También el mar es gris bajo la lluvia, y una vaca en la arena lo mira al pasar mientras él sube unas escaleras de madera para pedirse una coca-cola y esperar... pensando en si algún día volverá. Esas son sus tardes en el Índico.

#MonotoníaBajoLaLluvia

Meena sirve el té a Mateo, con el sonido del monzón de fondo. León se sale afuera, mira al arrozal y al buey de agua que está dentro del estanque soportando la lluvia. La cabra sigue atada a su poste, el único lugar de la granja que no está cubierto de hierba. A la derecha hay algo de maíz y una huerta de verduras que todavía no saben nombrar ni comer, pues Meena parece venderlas por las casas de los ingleses que viven en la playa. Lo cierto es que es una granja bastante pobre, del tamaño de un campo de fútbol, con un arrozal, un pequeño estanque y dos casitas de adobe, techo de chapa y puertas de tablas. La ventana es un lujo y el trabajo diario consiste en arreglar todo para que parezca que ellos cultivan algo y no que la selva se los está comiendo a ellos.

#MateoGranjero
#MateoPescador

Para Mateo no hay descanso, eso es cierto: siempre está clavando tablas, excavando canales para que el agua no lo inunde todo o colocando piedras para hacer muros. Aunque en realidad todo lo hace mal o nada de lo que hace sirve, y los tres lo saben.

Hasta el día en que Meena le dice a Joao que alguien debería cuidar la barca de su marido para que no se estropee con las lluvias.

De modo que Joao acompaña una mañana a Mateo hasta el puerto de Kerala, que es una pequeña bahía de tierra negra y palmeras, cubierta de barcas varadas en la playa: algunas de remos, otras de un mástil, y alguna que otra chalupa atracada en un muelle de madera con cabos de cuerda deshilachados.

Y el tío de León sonríe con la misma actitud que muestra ante cualquier otra cosa en la India: entusiasmo. Ya fuese una cobra muerta en el gallinero, o un muro de piedras enterrado bajo el barro o una barca sucia y vieja.

Desde ese día, si Mateo tiene un instante libre, intenta aprender a pescar, pese a que ningún otro pescador de Kerala le habla, pues todos conocían al difunto marido de Meena. Pero Mateo sonríe siempre que sale a navegar con su barca entre las palmeras, con su sombrero de paja, lanzando la red como si hubiera vivido allí desde siempre... Pescando en su barca y cuidando su granja. Sin saber hacer ninguna de las dos cosas.

#LaIntrigaDeLaLetrina

A León hay algo que le intriga: Meena no tiene cuarto de baño.

Primero la estuvo vigilando, hasta que ella lo pilló espiándola. Luego le preguntó a su tío, que ni se enteró de la pregunta. Y al final le terminó preguntando a Joao, que viene una vez a la semana para comprobar cómo va todo, y este le explicó que en la India no es habitual tener retrete o letrinas en casa.

León bebe su té mirando al buey en el arrozal. Alguien debería sacarlo de ahí. Ha cambiado de mundo, casi de planeta, y lo que más le llama la atención es que Meena no tiene cuarto de baño. Ellos tampoco, es cierto. Los primeros días, León se dedicó a cavar un agujero para construir una letrina, que no utiliza porque le da profundo asco. De modo que lo solucionó yéndose por las tardes a la playa de los ingleses para tomarse una coca-cola e ir al baño del restaurante, que tiene un váter de verdad, uno blanco de la marca Roca.

Su intriga es Meena. ¿Cómo va al baño Meena? ¿Y dónde?

#LeónDeGranja

León puede ir andando a cualquier parte. Por la senda del mar, llega a la ensenada de los ingleses, donde están los *resorts* y todavía quedan extranjeras en biquini que pasean con chubasqueros entre las vacas que duermen bajo la lluvia. También puede salir a la carretera y caminar hasta el cibercafé al que van los extranjeros en sus motos alquiladas. Se lo dijo el camarero nepalí del *resort*.

Pero solo va a la playa. Trabaja en la granja y se escapa a la playa.

A veces se queda sentado en el porche de la casa de Meena viendo llover. No hace nada más. Ha cruzado el mundo para eso. Hasta hoy.

#Google
#IndiaNoToiletsForWomen

Después de más de dos meses en Goa, León decide entrar por fin al cibercafé de la carretera.

Le sorprende porque no está tan mal como los de Mumbai, que tenían los cables colgando y un relieve de roña en los ordenadores que alguna vez fueron blancos. No, este es un cíber más o menos decente tirando a negro Intel Inside, con cuadros psicodélicos pintados por un amigo *hippie* del dueño.

Curiosamente, León no entra en su Hotmail, no mira su Instagram ni su Facebook. No quiere saber nada de su pasado ni que su pasado sepa nada de él. Por el contrario, sí le pregunta a Google por las mujeres y los váteres en la India.

Y la respuesta le está poniendo la piel de gallina.

#OpenDefecationInIndiaLeadsToRape

En las zonas rurales de la India, muchas mujeres son violadas al anochecer. Al no disponer de retretes en casa, se ven obligadas a esperar la discreción de la oscuridad para adentrarse en el campo y hacer sus necesidades, momento que también aprovechan los desaprensivos para acecharlas y atacarlas. Lo que parece una locura es un problema tan horrible y serio que León descubre una ONG dedicada exclusivamente a la construcción de letrinas para mujeres con el fin de evitar estas violaciones. León busca más referencias de esa ONG porque le parece una barbaridad lo que está leyendo. Pero es cierto: hay más resultados en Google, incluso se han comprado letrinas usadas en Europa para importarlas al norte de la India.

Hay otro resultado. Es un informe sobre un proyecto puesto en marcha el año pasado y... hay un dato importante: la ONG que lo lleva a cabo tiene una sede en Mumbai.

León se queda quieto con la mano encima del ratón. Podría volver a Mumbai si tuviera dinero. Lo cierto es que está cansado del campo, de la vida en la granja. Su tío es feliz, pero León entiende que ese no es su sitio. Además, siguen sin apenas hablarse, desde la discusión de la mansión del divorcio. Pero irse él solo a Mumbai...

León se sale del cibercafé y se observa en el escaparate bajo la lluvia: lleva los mismos vaqueros cortados por las rodillas, sucios de semanas; las mismas zapatillas con las que subió al avión, pero cubiertas de barro, y una camiseta negra con agujeros. Lo entiende, hay algo en su cabeza que vuelve a hacer clic, un resorte que le explica que ese es él, que ya no existe aquel adolescente limpio del pasado, y hasta le parece reconocerse de otro tiempo, de una infancia lejana. Y otro resorte le dice que sí, que debe empezar de nuevo, que coja su móvil, que para algo le tiene que servir en la India, y que llame a ese número aunque le cueste un poco hablar en inglés.

–¿Sí?

–Hola, ¿estoy llamando a una ONG de letrinas en Bombay?

–Mumbai, sí, somos nosotros. Mi nombre es Katty, ¿cuál es su nombre?

–Mi nombre es León.

–Encantada, León. ¿En qué puedo ayudarle?

–Pues quería saber si podría ir a Bombay y ayudarlos en su ONG.

–¿Usted quiere venir a Mumbai y colaborar con nosotros? ¿De dónde es usted?

–Pues soy de España, pero vivo en Goa actualmente.

–Ah, entiendo. Usted vive en Goa. Claro, claro, no hay problema. Usted puede venir a Mumbai y ver lo que hacemos y luego usted puede asociarse con nosotros o trabajar con nosotros, todo OK, es perfecto.

–Genial. Pues voy a decírselo a mi tío y en cuanto llegue a Bombay la vuelvo a llamar, Katty.

–OK. Encantada de conocerle, León.

–Adiós.

–Adiós, adiós.

León tiene un móvil sin internet que le obliga a volver al cibercafé para calcular cuánto le puede costar llegar a Mumbai. Y Google le responde que no es caro y que son unas dieciocho horas de tren desde la estación que está a las afueras de la ciudad.

Pero una hora después, cuando León se desvía por la senda de la granja y ve a lo lejos el antiguo Mercedes blanco de Joao, sabe que algo va mal. Hoy no es su día de visita, algo ha pasado.

#LasMatemáticasDelOlvido

Lola sigue mirando la pantalla de su portátil apagado. Tiene la mesa del estudio repleta de libros de matemáticas, los devora. Su cabeza se ha despertado y no deja de engranar nuevos números, funciones, algoritmos, raíces cuadradas, potencias... a una velocidad pasmosa. Sinceramente, cuantos más números entran en su cerebro, menos sitio le queda para las lágrimas. Así que esa sensación de alivio matemático se ha convertido en su droga.

Pero de repente el portátil se ha apagado, ella ha levantado la cabeza y en el reflejo de la pantalla ha visto a León. De verdad era León, de pie, harapiento cual mendigo y como mirándola sin verla, delgado como ella, con el pelo sucio, con una barba asquerosa... Pero era León. Y por eso Lola sigue mirando la pantalla de su portátil apagado.

Por fin respira, el ordenador vuelve a arrancar. Lola saca del cajón su libreta de probabilidades, esa en la que anotó todos los posibles destinos de avión, esa en la que apuntó todas las salidas, transbordos, aterrizajes y llegadas para intentar encontrar una fórmula matemática que le resuelva la incógnita de dónde está León. Aparta el resto de libros y vuelve a repasar esa fórmula. Ahora es esa su manera de echarlo de menos. Ni música ni películas ñoñas ni libros de vampiros. Tan solo el cálculo avanzado de probabilidades matemáticas para encontrar a un León perdido.

#LeónDeCiudad

–Es una citación judicial para que vayamos a declarar ante el juez. Los cuñados de Meena nos han denunciado.

Meena llora sentada en su rincón oscuro mientras Joao y Mateo salen de la casa para hablar con León bajo el magnolio, todavía mojado. Pero León ya no escucha las órdenes de la torre de control, ya ha arrancado el motor de su avión y está recorriendo la pista en aceleración constante de camino a....

–Yo me vuelvo a Bombay.

–¿Cómo? ¿Pero es que tú no escuchas? Que nos han denunciado, que tenemos que presentarnos ante el juez, que nos pueden meter en la cárcel, León, en una cárcel india, ¿lo entiendes?

–Me da igual. Yo me vuelvo a Bombay.

–¡Que te dejes de tonterías, que tenemos un problema de verdad, que no hay dinero!

–Me da igual. No necesito mucho dinero, me voy en tren.

–No hay tren en Goa, León.

–Lo sé, Joao. Lo he mirado. Esperaba que tú me acercases en coche hasta la estación más próxima, por favor.

–Claro, claro, no hay problema. Pero ¿cuándo?

–¿Ya?

–¡Pero tú estás loco! ¡¿Te estás oyendo, León?! ¡Te pondrás tú solo en busca y captura! ¡No puedes huir de la justicia en un país como este! ¡Y que no tenemos dinero!

–Algo habrá.

–¡Nada, te lo estoy diciendo, no hay nada! Espera, sí que hay algo, espera aquí...

Mateo deja a Joao y a León solos bajo el tamarindo. Ahora se oye más nítido el llanto de Meena, que no entiende otra cosa sino gritos y más gritos de hombres extranjeros en su casa. ¿Cómo no llorar?

Mateo vuelve con la misma expresión que adquirió tras la discusión en la mansión del divorcio. León no es tonto: sabe lo que lleva en la mano y lo que le va a dar.

–Ten, véndelo y podrás marcharte a Bombay.

Le está ofreciendo su móvil, ese móvil que Mateo nunca ha usado. Ambos entienden lo que eso significa: si León acepta el reto y lo vende, ya no habrá forma de comunicarse entre ellos. Es decir, que si León se va ahora, será a cambio de perder a su tío.

Los tres hombres miran el móvil apagado. León mira a su tío y coge el teléfono.

–¿Me puedes llevar ahora, Joao?

–Yo creo que sería mejor esperar a mañana, León, cuando todo esté más... más calmado.

–No, tiene que ser ahora. ¿Puedes llevarme?

–Sí, claro, puedo. ¿Ya, ahora mismo?
–Sí, ya, por favor.
–Pero ¿no os despedís? ¿No...?
–No.
–Eso no es bueno que lo hagáis.
–Ya.

Y León y su tío se miran a los ojos, se acuerdan de la primera noche, cuando durmieron juntos. Del pijama de Batman, de aquel perro que compró y que tuvieron que entregar a la madre de Lola, de la moto, de las discusiones de filosofía sobre los apuntes de su madre... Y de que habían sido lo más parecido a una familia que ambos habían tenido en años.

Pero hay veces en que sabes que estás haciendo las cosas mal y, aun así, no puedes, no quieres hacerlas bien.

–Adiós, tío.
–Adiós, León.

37

#MumbaiTren

Huele a gasoil e incienso. Siempre hay indios y calor, a veces al mismo tiempo, otras se turnan. León lleva ya dos trenes y le queda otro, ambos viejos, antiguos, de la época colonial, lentos, sucios, como a punto de desfallecer por la invasión de personas que suben al techo, que se cuelgan de cualquier barandilla, que se esconden entre los vagones con el riesgo de caer como pulgas de un perro que se rasca.

Frente a él viaja un hombre grueso. No tiene pinta de indio, sino más bien de mongol o algo así. Lo que está claro es que tiene algo que ver con informática, pues bajo sus pies guarda una torre de ordenador precintada con plástico de maletas de aeropuerto.

A su lado viaja un indio delgado de apenas quince años que lleva sentado bastante rato. Le avisan al pasar, viene el revisor, se levanta y sale por la ventana como un mono de *El libro de la selva*. Su puesto lo ocupa un viejo alto muy oscuro de piel que da mal rollo. Incluso el revisor lo mira mal cuando les pide los billetes.

León es, con diferencia, el más sucio y el que peor huele de ese vagón. De ese modo no sufre el mal del turista: no le preguntan, no le intentan sacar unas rupias. Pues tiene toda la apariencia de un pobre jornalero hambriento que viaja en un vagón de tren atestado, bajo la lluvia del monzón, cruzando los campos de arroz y la selva hacia la ciudad más poblada de la India: Mumbai.

#Peluquería
#MúsicaElectrónica

Lola se deja alisar el pelo a cambio de soportar la música electrónica de esa peluquería del centro comercial. Alma está a su lado cortándose las puntas y buscando fotos en Instagram. La música es horrible y no les deja hablar. Por eso ambas están pendientes de sus móviles. Si fuera por Lola, seguiría con la coleta. Es Alma quien la empuja a la normalidad.

–¿Ves? Mira, tía, otra. Ya ha colgado otra.

–¿Quién?

Alma le enseña de lejos el teléfono.

–Mi padre, tía.

–¿En serio? A ver.

–Mira, tía.

–No lo entiendo. Y me parece muy fuerte que tu padre tenga Instagram.

–Que no es mi padre, tía, que es Liberto. Mi padre se pasa el día con él haciendo fotos a la chatarra en fábricas abandonadas. Ahora les ha dado por ahí.

–¿Y se pasan el día juntos?

–De verdad, tía, que hay veces que no viene a comer, que el otro día lo pillé recogiendo a Liberto del instituto y a mí que me den.

–¿En serio?

–Te lo juro, tía.

–¿Y qué hacen?

–Pues esto que te digo. Ahora les ha dado a los dos por lo mismo. Liberto busca esculturas y les hace fotos y mi padre está enganchado a Instagram. Ahora resulta que Liberto no está loco, sino que es creativo, y que encima lo que sus padres le han hecho ha sido bueno para su creatividad. Total, que dice mi padre que es un genio, un artista. Yo flipo, tía. Así no me lo va a prohibir nunca.

–Qué fuerte me parece. Espera, que me llaman. ¿Sí? Sí, soy yo. Ajá... sí. Sí... ajá... sí. Bueno, no es solo de probabilidades, es más bien una mezcla de derivadas con cálculo estadístico y... Sí, sí, claro. Si hablan con mi profesor... Ah, que ya han hablado. Pues... sí, vale, mañana. Bien, gracias, gracias. Hasta mañana.

–¿Quién era? ¿La abogada de tu madre?

–¡Qué fuerte, Almi! Eran de la Universidad Politécnica, ¡que quieren venir al instituto a hablar conmigo de mi algoritmo!

–¿Tú tienes un algoritmo? ¿Por qué?

–Se lo mandé anoche al de Matemáticas. Es el final de un algoritmo que me salió para calcular probabilidades.

–¡Ah! Lo que hacías para saber adónde se había ido León.

–Sí, aunque lo había dejado, pero justo anoche pasó algo y volví a ponerme con él...

–¿Qué pasó?

–Nada, nada. Que se me ocurrió otra manera de calcularlo mezclando derivadas y se lo mandé al profe de Matemáticas y él se lo mandó a un amigo suyo de la universidad y ahora dicen que quieren venir mañana a hablar conmigo.

–Qué fuerte, tía. Mira que si te vuelves más lista cada vez que un tío te deja... serás la solterona matemática.

–Sí, a este paso me darán el premio Nobel de Matemáticas gracias a León.

–¿Eso existe?

–No sé. Míralo tú...

#Slums
#Intocables

En la India hay castas, y los más pobres son los intocables, los miserables que no tienen derecho a nada. Quizás por eso están por todos lados. No son peligrosos, pocas veces roban, a no ser por un descuido. Son niños mendigos que pululan entre el tráfico pidiendo una moneda, niñas sucias tocándoles al cristal, poniendo cara de lástima, sonriendo y volviendo descalzas con la moneda en la mano. Son parias. Y saben que su situación no mejorará porque lo que son no puede ser cambiado.

Todos los intocables de Mumbai viven en los *slums*, los barrios de chabolas construidos alrededor del aeropuerto, de los lavaderos de ropa y de las vías del tren. Sus casas son de cartón o de madera, a veces tienen alguna pared de adobe y en ocasiones hasta dos pisos y televisión. Pero esos ya no son tan parias, ya no son intocables, sino recogemaletas de hoteles, limpiadoras, planchadoras... que guardan como oro en paño los guantes blancos que les dan sus señores para servir en las casas.

En la India, lo normal es ser pobre, el resto de especies humanas tienen aire acondicionado.

#EstaciónVictoria

León baja del tren en la estación Victoria. La reconoce de la primera vez que estuvo allí, cuando tenía dinero y equipaje. Baja como un mendigo más, con esa mirada lenta de quien intenta adivinar su trayecto. Movido por la costumbre, decide echar a andar hacia el Leopold Cafe. Allí decidirá dónde dormir o cuándo llamar a Katty.

Debería sorprenderse, al menos extrañarse por la calma que siente, pues no es normal que camine tan tranquilo cuando está solo, absolutamente solo, en un país, en un continente desconocido. Quizás no sea consciente de que no hay alternativas, de que no está allí de paso, de que no volverá a ningún sitio. León vive ahora en Mumbai, en esas calles. Y no está nervioso, está... tranquilo. No es normal, cualquier otra persona entraría en pánico, se asustaría, pensaría en ir al médico, en dormir, en comer, en llamar por teléfono... en regresar. Quizás sea eso, quizás León nunca tuvo un lugar al que regresar.

Pero en la naturaleza humana prevalece el instinto de manada. Por eso León no tarda en llamar a Katty con su móvil y quedar con ella, qué casualidad, claro que lo conoce, en el Leopold Cafe a las seis.

#CitaConKatty

Son las ocho de la tarde y León manosea nervioso su botella de agua de plástico porque lleva dos horas esperando y cuando llama al teléfono de Katty le sale apagado y se acuerda del tío del bigote que los timó en el Hotel Marriott de Goa. Aunque no entiende el timo ahora, no es lógico: Katty debería aparecer, pero no a estas horas y con esta lluvia de invierno. ¿Dónde va a dormir él ahora?

El camarero le está mirando otra vez. Por fin, León se levanta y se dirige a la barra.

–Hola, había quedado con una amiga, pero no ha aparecido.

–Ah, lo siento, ¿la has llamado?

–Sí, pero no tiene cobertura.

–Es posible: la lluvia siempre lo estropea todo.

–Te quería preguntar si me podrías recomendar algún sitio barato para dormir cerca de aquí.

–¿Cómo de barato?

–El más barato.

–Quizás no te guste.

–No importa.

–OK, dame tu WhatsApp y te envío la ubicación.

–Gracias. Pero no tengo internet en el móvil. ¿Me lo puedes escribir en una servilleta?

–Sí, claro, ten. Mañana me dices.

–OK. Gracias. Perdona, ¿cómo te llamas?

–Me llamo Alan.

–Gracias, Alan, yo soy León.

–Encantado de conocerte, León.

–Gracias otra vez. Nos vemos mañana, Alan.

#HotelBarato

El lugar más barato está en una calle muy larga, la misma calle que tiene el único McDonald's de Mumbai al principio, pero, conforme te alejas, los negocios van perdiendo calidad hasta convertirse en bazares viejos con vendedores ambulantes bajo luces de colores que parpadean y música de Bollywood por todas partes.

A esas habitaciones se accede por unas escaleras que dan a una joyería de mentiras. León pregunta y un indio con mala cara le dice que sí, que suba, y lo cierto es que hay un cartel de hotel y una especie de recepción donde un tipo sucio le dice que el precio de la habitación más barata le sirve para pasar unos diez días sin comer o siete comiendo poco. León acepta y le paga esa noche, aunque le asegura que estará una semana y el recepcionista no le cree.

La habitación no tiene cuarto de baño; de hecho, es como la ampliación de la escalera de emergencia a la que le han puesto una lamparita rota y un colchón sucio en el suelo. A León le sobra y, pese a todo lo que le ha sucedido, consigue dormir varias horas del tirón antes de que entre el sol por esa ventana abierta con cortina ausente. Al asomarse, todavía con las legañas en los ojos y el olor a incienso rancio y gasoil en los pulmones, León observa un patio de tierra al que bajan las cañerías, con un montón de desperdicios y una cubierta de chapa que impide ver el resto del suelo. Más allá están los árboles como acacias y la calle en línea recta construida con casas inglesas casi al estilo de Notting Hill. Ese es el barrio de Colaba en Mumbai, con su olor a incienso y sus mochileros con chanclas huyendo de la lluvia en busca de un taxi que los lleve a tiempo hacia su vuelo a Nueva Delhi.

León vive ahí, como si la libertad fuese un salto al vacío, quizás esta vez demasiado alto, quizás esta vez sin cuerdas en los pies.

E intenta buscar en su cabeza ese resorte de energía que le anime a salir a la calle, a cruzarse con gente, a inventarse de nuevo, a sorprenderse de todo... Pero no lo encuentra. Mirando a ese patio de escombros y cuervos bajo la lluvia... se siente solo cayendo en picado.

–Eres León, eres León Kamikaze... eres León. Eres fuerte, nadie habría llegado hasta aquí. Eres León, no tienes miedo, la gente es buena. Eres León, sal a la calle. Eres León... eres León...

Y León se acuerda de Lola, de su sonrisa sincera, de su voz infantil, de su cuerpo al respirar, de sus ojos llorosos... Y, sin haber desayunado siquiera, León empieza a llorar como quien vomita lágrimas, a arcadas, como si no hubiera llorado nunca, como si la lluvia de la India se le hubiera metido dentro. Así durante un tiempo eterno, hasta que su móvil empieza a sonar...

#EresLola

Lola vuelve a marcar el número, cansada, porque es muy tarde, más de las dos de la madrugada, las diez de la mañana en Mumbai. Y no se lo cogen.

Estaba escuchando a su padre en la radio, por eso seguía... ahora sí... despierta.

–¿Sí?

Lola respira profundamente, llevan mucho tiempo sin hablar.

–¿Mamá? Soy yo.

–Ah, Lola. Dime, mi vida, ¿cómo estás?

–Mamá, me has llamado tú.

–Ah, sí, eso. Que me dijo tu padre que te habían llamado de la universidad por algo de matemáticas.

–Mamá, te oigo muy mal, ¿dónde estás?

–Pues es que estoy con unas amigas tomando algo, cariño.

–Pero mamá, ¿y para eso me llamas tan tarde?

–Ay, pues te llamo cuando tu padre me lo ha dicho. A ver si ahora voy a tener que pedir cita para llamarte.

–Mamá, no empieces.

–¿Que no empiece qué, que no empiece...? ¡Siempre igual! ¡Yo no he empezado nada, sois vosotros los que...!

Lola cuelga el teléfono y la voz de su padre en la radio vuelve a inundar el salón con música de fondo a las tantas de la madrugada. Lola se rompe, y lo peor que puedes hacer cuando te rompes es callarte a oscuras. Así que enciende todos los halógenos de la casa, se va al baño y se hace un *selfie* en el espejo cubierta de lágrimas y rabia. Luego se sienta en la taza y escribe el enésimo mensaje a un número que ya jamás se pondrá azul en el WhatsApp.

«León... Tengo la sospecha de que me estás echando de menos al otro lado del mundo. Sé que estás en Australia, ya te lo he dicho mil veces, pero es que estoy convencida. Y sé que un día me iré allí de viaje de novios y te veré en la barrera de coral pescando tiburones, y tú me pedirás que me fugue contigo y yo te diré que sí. Y me esperarás por la noche en tu barco y yo te romperé el corazón sin hablarte, para que así sepas de una vez lo que me has hecho. Me da igual el tiempo que tardes en leer esto, me dan igual todos los hijos mestizos que tengas cuando te encuentre, porque te juro que te voy a encontrar. Aunque tenga que inventar todas las matemáticas del mundo para eso. Y sé que detrás de un algoritmo estás tú escondido, y los resolveré todos, me da igual el tiempo que pase. Me casaré, tendré hijos, me teñiré el pelo, me apuntaré a un gimnasio... Pero nunca dejaré de buscarte. Te seguiré buscando, a escondidas, en el trabajo, con una libreta pequeña, en un folio en blanco, detrás de una servilleta... Pero seguiré descifrando números hasta encontrarte. Y cuando lo haga, cuando resuelva la incógnita de tu cerebro y baje de un catamarán y te vea pescando ostras en una isla desierta de Papúa, te llamaré y tú te lanzarás al mar azul para nadar hasta mi lado. Pero entonces te atacarán los tiburones y lo último que verás será mi cuerpo echándote de menos».

#EresLeón

León coge su móvil, que vibra por el suelo de baldosas desgastadas como un animalillo que se intenta escapar del cable, y se seca los mocos con el dorso de la mano.

–¿Sí?

–Hola, ¿León? Soy Katty.

–Sí, soy yo... Soy León.

–Hola, León. Siento mucho haber faltado a nuestra cita ayer, pero me fue imposible avisarte.

–Ah, no te preocupes, ni me acordé casi.

–Ya, bueno, lo siento de verdad. Estoy en el Leopold Cafe y Alan me ha dado tu número. Verás, me dejé el teléfono en un taxi y no podía recuperar ni la tarjeta ni las llamadas ni los números.

–Ah, entiendo, no pasa nada.

–Sí, ha sido un problema enorme.

–No hay problema.

–Bueno, pues entonces... ¿te podrías acercar ahora al Leopold Cafe y te invito a desayunar con mi nuevo amigo Alan? ¿Crees que tardarás mucho?

–Ah, no, no. En un momento estoy allí.

38

#KattyClarkson

Katty Clarkson nació en Dublín, una ciudad fría cubierta de niebla, al norte de Europa; pero su abuela siempre le llenó la cabeza de pájaros indios al contarle la época que ella misma pasó en Nueva Delhi cuando a su marido, el abuelo de Katty, lo nombraron vicecónsul en la India.

Katty tiene el pelo rubio y es algo cabezota, nunca ha estado delgada y suelen gustarle las chicas brasileñas o latinas en general, aunque hace más de un año de su última relación.

#LeónEnFacebook

En este momento, Katty está sentada en la parte trasera del *pick-up* blanco que utiliza la ONG, observando a León en una zanja, metido hasta las rodillas en el cieno, sin levantar la cabeza de la azada, mientras los niños juguetean a su alrededor y los adolescentes lo imitan con sucedáneos de palas que bien pueden ser palos o latas.

Katty ya ha hablado con las mujeres del *slum*. Ahora es Sophie, una chica canadiense, la que les está dando una charla sobre higiene y los peligros de las aguas sucias al aire libre.

Es hora de actualizar la página de Facebook de la ONG. Katty fotografía a León cavando la zanja, fotografía a los niños indios junto a las tuberías de PVC, fotografía a Sophie acuclillada sobre una letrina, rodeada de un semicírculo de mujeres indias a las que les parece humillante que una mujer imite la pose de defecar en público.

«Hoy quiero presentaros a León, el último voluntario en incorporarse a nuestro equipo en Mumbai.

Si recordáis, hace unas semanas sufrimos una pequeña crisis en el equipo de nuestra ONG, pues tuvimos que decir adiós a Bryan, de California, porque finalizaba su año y debía volver a la universidad; y, al mismo tiempo, perdimos también a Jean Paul, de París, por los problemas con su visado.

Pero siempre he pensado que la especie humana necesita ayudar a los demás; y el mismo día que despedíamos a Jean Paul recibimos la llamada de un nuevo voluntario, en este caso español. Realmente no puedo contaros mucho de su biografía, pues es tan reservado que apenas sabemos su nombre y poco más. Pero lo cierto es que, desde el primer día, León nos ha demostrado que podemos encargarle cualquier tarea, porque él siempre responde dando el cien por cien.

Yo lo conocí un martes, y él me dijo que al día siguiente, miércoles, ya estaría dispuesto a colaborar con nosotros. Pensé que no había entendido muy bien a lo que nos dedicábamos, pues todavía no habla inglés demasiado bien, pero le vi tan decidido que allí mismo le pasé toda la información sobre enfermedades contagiosas. Enfermedades que podría contraer al trabajar en los *slums*, ya sabéis, desde la malaria que me afectó a mí el año pasado hasta el cólera que tantas desgracias diarias nos causa. Le expliqué que estábamos drenando un pozo negro, literalmente, y pensé que después de eso no volveríamos a verlo. Como a muchos de los voluntarios que vienen a Mumbai pensando que se van a pasar el día poniendo tiritas a los huérfanos y luego preguntan quién se encarga de lavarles la ropa. Pues bien, pese a lo desagradable de la tarea y al riesgo que suponía, al día siguiente, León me esperaba en la puerta de la ONG, demostrándome que era diferente a los demás. Así que lo llevé al *slum* en el que estábamos trabajando, junto a las vías del tren, por un laberinto de chabolas bajo la lluvia, y le dije que era allí, en ese agujero negro. Él se metió al pozo, vomitó todo lo que pudo y empezó a cavar como si no quisiera hacer otra cosa en esta vida.

Es cierto que todos le hemos cogido mucho cariño, que forma ya parte de nuestro equipo, pero es porque se lo ha ganado a pulso, porque es un voluntario al que hay que decirle: "León, para de cavar ya".

Tened en cuenta que aquí en Mumbai la mayoría de acciones que realizamos son en los *slums* y que todo a nuestro alrededor son desechos, heces, aguas sucias, basuras, cieno... Y que hasta los propios habitantes de los *slums* se sorprenden al ver a León calzarse las botas, los guantes y la mascarilla, y pasarse horas cavando una zanja para que sus hijos puedan tener letrinas limpias. Su generosidad es sorprendente y por eso la actualización de Facebook de hoy está dedicada a nuestro querido León, como dicen las niñas del orfanato donde solemos cenar. Es nuestro León. Y le damos gracias por ello».

Al día siguiente, León espera a que Katty frene del todo el *pick-up* para bajar, aunque los niños intocables del *slum* ya han reconocido el coche blanco y van corriendo a recibirlos como siempre esa última semana. Katty los saluda a todos, casi conociéndolos ya por su nombre. Ese es el don de Katty: conocer a las personas.

#NuestroLeón
#Slums

Están en uno de los extremos del *slum* más grande de Mumbai, el de los lavaderos, pero no en la zona central, sino en la que se alarga por las vías del tren, ya muy alejados de los rascacielos en construcción que algún día invadirán ese barrio de casuchas y pilas de agua sucia.

El proyecto de su ONG tiene el permiso del departamento correspondiente del ayuntamiento y ha salido publicado en algún periódico, pero eso a León no le importa; es más, suele seguir cavando de espaldas cuando ve que hay cámaras. Los niños y los adolescentes riñen entre ellos por llevarle las botas hasta donde se dejó la zanja ayer, mientras que él se coloca la mascarilla y los guantes pidiéndoles que ya le den las botas, pues si entra a su hotel oliendo a cloaca, que lo ha hecho, el recepcionista le pone mala cara y le dice que lo echará en cuanto vuelve a salir.

#MumbaiTV

Hoy la televisión de Mumbai está grabando la zanja y las tuberías de PVC que todavía tienen que descargar del *pick-up* los tres chicos indios que suelen acompañarlos como voluntarios. Enseguida Katty organiza un concurso entre los adolescentes para que vayan colocando en la zanja una línea de tuberías, mientras ella coge el bote de pegamento de PVC que usarán para unirlas.

Son un equipo de cinco personas en total. Y ella es la cabeza. La prensa solo debe hablar con ella o con Sophie.

La televisión de Mumbai lo graba todo para los informativos del mediodía. El debate sobre los *slums* siempre es noticia, ya que son un continuo foco de infecciones y siempre hay epidemias de cólera con la lluvia. Las autoridades no pueden entrar con maquinaria, pues no hay espacio entre las casas para que pase más de una persona. De modo que solo una solución como la de esta ONG podría funcionar; pero claro, ello supone dar continuidad al problema de los *slums* en una ciudad en constante desarrollo que no puede deshacerse de sus barrios de extrema pobreza asentados en el corazón de la ciudad, junto a los proyectos de los hoteles de lujo.

Pero León siempre se gira de espaldas cuando la cámara intenta enfocarlo mientras él sigue cavando bajo la lluvia con sus botas verdes y su chubasquero negro.

#MumbaiCuisine

A la hora de comer, todas las mujeres compiten seriamente por ofrecerles comida. Les enorgullece que ellas vayan a tener letrinas, aunque sean comunes, y se lo agradecen siempre invitándolos a sus humildes casuchas, donde huele a cerrado, a incienso y a cloaca. León se quita la suciedad con una manguera y jabón de sosa cáustica hasta dejarse las manos blancas y, descalzo, entra a comer algo de arroz con la mano, y quizás un poco de pollo, que ha preparado allí mismo esa mujer que friega los cacharros con arena mojada en una gaveta de agua. León no habla, pero sonríe a las sonrisas de las mujeres, a las sonrisas de Katty y a las sonrisas de los tres voluntarios indios. ¿Por qué? Porque se acuerda de sus espaguetis de lata calentados con papeles quemados. León ha crecido así también. En cierto sentido, era uno de ellos pero estaba lejos, muy lejos de allí.

#MumbaiDeath

Un día, comiendo, quizás unas ocho personas entre niños y adultos, sin apenas espacio para alargar la mano y coger un puñado de arroz del centro, se oyen lamentos afuera. Una niña abre la cortina y se lo dice: un bebé ha muerto, seguramente de alguna infección. La madre lo lleva en brazos por las calles cenagosas del *slum*, enseñándoselo a todo el mundo, llorando al cielo, acompañada del resto de su prole. Todos deben salir a escucharla llorar, a que les enseñe el cadáver, a que compartan su dolor. Luego, mientras Katty ayuda al resto de mujeres a organizar el entierro, León, en silencio, se vuelve a la letrina enfangada y sigue cavando hasta que se hace de noche. Intentando entender que la vacuna de ese bebé posiblemente cueste menos que el juguete que un niño en Europa tira al suelo porque no le gusta. Hasta una colonia para perros habría costado más que salvarle la vida a ese bebé. Katty se encarga, ya sabe lo que se hace en estos casos, no es la primera vez que sucede. De hecho, es algo bastante habitual en los *slums*.

Luego, al anochecer, mientras Katty acaba de darles los folletos sobre higiene femenina, sobre la necesidad de lavarse las manos, sobre el cólera cuando se mezclan aguas sucias y aguas potables, sobre que los niños son las principales víctimas... León vuelve a su habitación, se ducha, se cambia y pasea por Chowpatty entre la gente o se acerca al Leopold Cafe a escuchar conversaciones ajenas. Otras veces es Katty quien lo invita al cine. Pero él suele preferir quedarse solo y, si acaso, pedirle libros prestados para leer y aprender inglés mientras duran las lluvias de invierno en mayo.

#MumbaiSunday

Todos los días son iguales en Mumbai salvo los domingos, porque los domingos guardan el secreto de León desde que se quedó sin dinero y su casero le amenazó con echarlo con esa voz ridícula de grillo fumador.

Los domingos en Mumbai, León madruga y se pone la ropa limpia de la semana, es decir, otros pantalones cortos, otra camiseta y unas chanclas. Luego coge un autobús lleno de hombres serios que lo lleva, sin desayunar, en cuarenta minutos y tras muchas paradas, hasta los gigantescos estudios de Bollywood, en las afueras de la ciudad. Y es allí donde León Zarzo Buendía suele actuar de extra en cualquier película musical a cambio de un sándwich, trescientas rupias y pasarse el día entero ensayando y esperando su turno para la escena de baile que le ha tocado. En resumen agrio: por pasarse el día de pie entre desconocidos.

Se lo han dicho varias veces, desde el primer día: que podría ganarse la vida en Bollywood haciendo de extra a diario, pues tiene aspecto de actor. Pero León da las gracias masticando el sándwich y se despide hasta el próximo domingo a la misma hora, ya que solo quiere volverse con sus trescientas rupias y pagar el hotel para toda la semana.

Ese es su secreto. Y no quiere que nadie sepa en la ONG que hace de actor, aunque quizás algún día lo reconozcan bailando en alguna película.

Tampoco necesita más, pues come normalmente en los *slums* y por las noches no tiene mucha hambre. A veces cena en un orfanato de otra fundación sin ánimo de lucro que tiene buena relación con la ONG, pues allí siempre hay cosas que arreglar y las hermanas nunca dejan que León se vaya con el estómago vacío tras haberlas ayudado. Otras veces cena en el Leopold Cafe un plato de arroz con pollo tikka massala mientras ve la CNN o lee un libro en inglés si están emitiendo críquet y Katty lo ha dejado solo.

De modo que León no necesita ni quiere el dinero; es más, se lo suele dar a los niños que juegan a su alrededor mientras él corta un codo de PVC para instalar por fin la letrina.

Esa es la vida que ha elegido y, curiosamente, esa es la vida que le hace feliz.

39

#ComentarioDeTextos

Los dalits, los intocables, siguen existiendo en la India. Mienten las cuotas de discriminación positiva en las escuelas y no importan las leyes contra la discriminación. Es cierto que los intocables ya no están obligados a limpiar los retretes de sus compañeros de colegio, pero no pueden beber de la misma fuente y deben comer separados de los demás. Siguen siendo parias, una casta infrahumana según el hinduismo.

Desde el origen de los tiempos, los intocables han permanecido recluidos en los slums de las grandes ciudades como Bombay o Chennai. Un slum no es solo un poblado de chabolas, sino que suele tener un origen laboral: o bien fue en sus tiempos un poblado de pescadores, o bien sigue siendo el lavadero al aire libre más grande del mundo. Y un espectáculo turístico ineludible, según muchísimas guías de viaje.

En la actualidad, la especulación inmobiliaria, y la consecuente explosión urbanística en grandes ciudades como Nueva Delhi o Bombay, ha ayudado a reconvertir y revalorizar muchos de estos slums, estratégicamente ubicados en los centros urbanos, cuyos suelos cubiertos de chabolas ahora valen millones. El capitalismo tiene estas paradojas.

De este modo, los propios constructores y sus mafias expulsan a los dalits de sus slums, pues ahora suponen un estorbo para sus proyectos de rascacielos, aquellos que colocarán a la India a la cabeza de las economías emergentes en Asia.

[...]

#ÚltimoExamen

Alma le da la vuelta al examen para leer las preguntas del comentario. Es el último de junio. Terminan 1.º de Bachillerato. Ya todo huele a verano y, por ahora, solo suspende Filosofía para el año que viene. Gira la cabeza buscando a Lola entre el resto de alumnos, que leen en silencio. Hace calor.

A Lola no le importa ese examen, ella no quiere estar allí, no lo necesita. Sus demonios le dicen que la felicidad son números.

Liberto mira las letras de su último examen del curso y levanta la cabeza. Está rodeado de gente que piensa, que está pensando sobre el texto en ese instante. Pero Liberto es diferente, él tiene demonios que le hablan, aunque también es cierto que sus padres le han dado algo de beber para los nervios. ¡Qué narices! ¡Ni entiende el texto ni quiere entenderlo! ¡A él le da lo mismo ese silencio, ese examen! ¡Debería levantarse, subirse a la mesa y...!

Lola empieza a leer el texto, le resulta como familiar, pero no entiende muy bien por qué. De una, en ese instante, Lola se da cuenta de que ha dejado de ser una niña, como quien baja de un coche tras un largo viaje. Deja el boli, se mira las manos, las extiende y comprende que son ellas las dueñas de su destino. Porque ahora sabe que la vida son números, que las matemáticas construyeron el mundo. Y que ella tiene una vida entera para resolverlo. Tampoco será imposible vivir sin amor, calculará las probabilidades... y le darán infinito.

Las letras, las palabras, siempre fueron de León. Lola no sabía que estaba hecha de números hasta que él la besó, la leyó y la rompió en mil pedazos. Fue entonces cuando dejó de tener significados para tener incógnitas sin ecuación. Y ahora entiende, quizás más de lo que le gustaría, que su dolor fue horrible, insoportable, indescifrable, sí, pero útil para descubrir que ella es un número primo.

Y entonces Lola le da la vuelta a su último examen de 1.º de Bachillerato y comienza a escribir. Pero su profesor no comprenderá la respuesta porque todo el folio será el principio de un infinito número primo.

Y mientras Lola escribe, Liberto se sube a su mesa ante el estupor de toda la clase porque quizás, solo quizás, sus padres le han dado alguna pastilla para los nervios.

#NoEsLaPrimerazVezQueSucede

León también mira hacia arriba, el olor a cloaca es insoportable, incluso aunque lleva la mascarilla. Los niños le están avisando, alguien viene, pero él se encuentra encajado en una zanja, un lodazal de aguas sucias, entre tablones de las chabolas que le aprisionan sin que apenas pueda moverse. Es cierto, vienen los malos, musulmanes, y los habitantes del *slum*, hindúes, se alborotan como una ola que llega hasta ese ombligo de cieno que León está cavando.

Son musulmanes, León los reconoce, albañiles y obreros de los rascacielos de ahí al lado. Ya ha pasado otras veces. Vienen a intimidarlos con palos, no quieren que les construyan desagües, no quieren letrinas, no quieren cañerías, no quieren aguas potables. Solo quieren que esos pordioseros se vayan del *slum*. Saben a quién buscan, no es la primera vez que sucede.

León le grita a un niño, uno cualquiera (todos la conocen):

–Busca a Katty.

Y el niño sale corriendo y pisando tablas descalzo entre las chabolas.

#Gritos

Liberto canta, canta como los ángeles. De pequeño, sus padres lo duchaban durante horas solo por oírle cantar y luego le ponían la película de *Los chicos del coro* una vez y otra vez mientras él cantaba la canción de *Caresse sur l'océan* subido al sillón y ellos lloraban y bebían champán del DIA.

¡Lo está haciendo! ¡Lo está volviendo a hacer! ¡Qué escándalo! Cantar en un examen… ¡Por Dios! ¡¿Cómo se atreve?!

#Shouts

Todos gritan: los intocables habitantes del *slum*, los obreros musulmanes que han venido a amedrentarlos… Tan solo León sigue callado, cubierto de cieno hasta los muslos, sin soltar la pala, sin quitarse la mascarilla, haciendo como que no entiende lo que le dicen. Pero le están rodeando y Katty no aparece. Los obreros le pinchan con sus palos mientras forman un círculo para que no escape. Parece que esta vez tienen peores intenciones. En el *slum* nadie lo defenderá, sus habitantes tienen miedo, gritan pero están asustados. León aguanta los empujones, empieza a escuchar a sus viejos demonios dormidos, los golpes llegan cada vez más decididos en su espalda… Va a explotar, no son tantos, puede con todos… Pero aguanta. Le escupen, le dicen que se vaya, sus músculos se hinchan, su cabeza empieza a contar… Le vienen recuerdos de peleas que creía olvidadas, de sensaciones, de otro yo que... Le dan un bastonazo en la boca, la mascarilla se rompe, nota el sabor de la sangre...

En ese momento aparece Katty entre los niños. Grita. Grita que todos se detengan. Logra interponerse entre León y los atacantes. Lleva algo en la mano, parece una pistola.

Como tirar un petardo en un gallinero.

Es cierto que los malos se fueron corriendo. Pero también que tardaron tres días en encontrar a una anciana que se escondió del barullo. Y que alguien huyendo le pisó la mano a León. Y que los niños treparon a los tejados como los monos de Mowgli. Y que el hombre más gordo de todo el *slum* se cayó de espaldas y se necesitaron tres barberos para levantarlo. Eso... como tirar un petardo en un gallinero.

#MiCarácterSoyYo

–Mis padres murieron en Belfast, víctimas de un atentado del IRA, ¿lo sabías? Ellos iban paseando, celebraban su aniversario de boda, habían quedado con unos amigos. Yo era un bebé por aquel entonces, no lo recuerdo. Dormía con mi abuela esa noche cuando una bomba estalló en la pescadería. La bomba estalló antes de lo previsto y murieron diez personas, entre ellas mis padres. Inmediatamente, el IRA emitió un comunicado explicando que el atentado había sido un error.

–Ahora entiendo.

–¿Qué entiendes?

–Tu carácter.

–Mi carácter soy yo, no mis padres.

–Ya... Pero ¿cómo sabías que esos matones no te harían nada?

–No lo sabía, León. Pero no podía hacer otra cosa. No podemos tolerar la violencia.

–Ya...

León baja la ventanilla del *pick-up* mientras llegan al cruce de la estación Victoria.

–Mi padre era un defensor acérrimo de la paz en Irlanda del Norte, creía en su país. Cuando los asesinaron, mi abuela me llevó a vivir a Londres. Ella fue la que me habló de su vida en la India, ella y sus amigas, todas habían estado casadas con diplomáticos aquí. Por eso vine, y por eso lucho. Ese es mi carácter.

–Ya, pero... ¿qué hubieras hecho si esos locos no se llegan a ir, si te llegan a golpear a ti?

–Los habría asustado con esta.

–Pero si eso es solo una pistola de bengalas, Katty. Cuando la has sacado he pensado que todos se iban a echar a reír.

–No la he sacado para asustarlos. La he sacado para que supieran que yo no estaba asustada.

–¿Qué diferencia hay?

–Pues toda. La vida no es tan importante, León. Nos quedan muchas, quizás en otra nos volvamos a encontrar.

–¿Eres budista?

–Tú también, ¿no?

–¿Yo?

–Tú has tenido muchas vidas, León, estoy segura. Quizás tú no lo sepas. Quizás aún tengas algo de tu vida anterior que echas de menos.

#AlmaDeLola&Liberto

Lola sale de su último examen buscando a Alma por el césped y la encuentra corriendo sin sentido con el casco puesto mientras Liberto la persigue. Luego la atrapa. Se caen al suelo. Y hablan desde allí abajo hasta que Lola se sienta con ellos.

–Ah, ¿ya? ¿Cómo te ha salido, tía?

–Bien.

Lola miente.

–La verdad es que he tenido un *déjà vu* de esos con el texto, no sé. Como si eso ya lo hubiera vivido o algo así. Y a ti, Liberto, ¿qué te han hecho?

–Ah, nada. Les he dicho que no pensaba volver al instituto y me han dejado en paz.

–Pero ¿vas a volver?

–No.

–Sí, tía, claro que va a volver.

–No, no quiero.

De repente, Alma cae en la cuenta.

–Ah, eso era, por eso yo corría y tú me perseguías. No te puedes ir del instituto porque no te doy el casco.

–Me da igual el casco. Tu padre dice que me va a comprar uno.

–¡Qué rabia con mi padre!

–¿Por qué? Es genial.

–Ya, por eso.

–Vale.

–Pues vale.

–Pues me voy.

–¿Con quién?

–Con tu padre.

–Vale, pues espera. Si te quedas, escúchame con los ojos, ¿eh? Si te quedas, te beso y mi padre te prohibirá que me veas. Es más, Lola, coge mi móvil, ten. Si te quedas, Liberto, ahora mismo me voy a tirar encima de ti, te voy a sujetar las muñecas con mis manos, dejaré caer mi pelo sobre tu cara y le voy a decir a Lola que nos haga cien fotos a modo ráfaga de nuestro primer beso.

Liberto no puede pensar. En su estómago, con la carrera, se han mezclado las pastillas para dormir con el poleo cargado de anís y el Nesquik del desayuno. Asiente con los ojos como rombos. Y Lola hace fotos. Y Alma se acuerda del miedo que tuvo en aquel piso mientras lo besa, mientras se deja caer sobre él y le entran ganas de mojar galletas.

–Ahora dime: ¿qué prefieres? ¿Los *selfies* del beso o el beso?

–Piensas que voy a decir algo de los *selfies* y tu padre, ¿no?

–Tú contesta...

De repente, Liberto se pone serio bajo el cuerpo de Alma, como si llevase toda la vida esperando a confesar ese secreto.

–Lo que no sabes es que llevo enamorado de ti desde el día en que te encontré llorando en la guardería porque a tus padres les había pasado algo, y yo te di la mano pero tú me diste un puñetazo en el ojo y saliste corriendo...

–¡¿Qué?! ¡¿Fuiste tú?! ¡¿El del puñetazo fuiste tú?! ¡Qué fuerte! ¡Pero si fue por lo de mi madre! ¡Qué fuerte! ¡El del puñetazo eras tú!

–Sí.

–Eras tú... El del puñetazo eras tú...

–Ahora espero ser el del beso.

Lola se aleja, los besos ajenos incomodan. Incluso aunque sean los de su mejor amiga.

Quizás por si volvía, alguien se dejó un móvil eternamente conectado al enchufe de un garaje cerrado en modo silencio. Un móvil al que ahora Lola envía un mensaje de WhatsApp sabiendo que nunca se volverá azul. Pero es que esta vez es el último.

–Te deseo suerte, León.

40

#TúNoEresNormal

Desde el ataque en el *slum* de Dharavi, León nota que Katty pasa más tiempo con él, que lo busca, que lo recoge en el hotel, que lo deja, que lo invita a cenar... Le pregunta, le habla, se ríe, lo abraza... como si... quizás... quisiera algo con él. A León le resulta extraño, porque fue ella quien lo salvó a él y porque siempre ha entendido que a ella le gustan las chicas...

–¿Te gusta esto, León?

–¿El qué, la cena? Sí.

Ambos cenan en el comedor del orfanato de Mumbai, junto a todas las niñas indias a las que las hermanas han conseguido escolarizar. Y todas, con poco disimulo, lanzan constantes miradas a León, pues es el que les arregló las duchas cuando se rompió la tubería y el que les reparó el lavadero del patio trasero. Y es guapo, todas las niñas lo piensan, por eso se alborotan. Y hoy todavía más... Ahora mismo lo miran, sonríen y hablan mientras cenan y se emocionan como adolescentes de cualquier especie. Mientras León piensa en la suerte que han tenido, en los miles de niñas como ellas que acaban tiradas por las calles... En lo injusto que es que todo el mundo mire para otro lado o que solo les haga fotos para colgarlas en Facebook o hacer una ridícula petición en Change.org. ¡Qué idiotez! Que vengan, que vengan aquí, que vendan sus móviles y les den de comer con ellos. Todo lo demás es egoísmo.

–No, me refería a esto. A lo que hacemos.

–Sí, claro. Me encanta.

Junto a ellos, se sienta a cenar una chica austriaca que tiene un nombre con muchas aes. Lleva ya seis meses de maestra para la fundación, pero tampoco habla mucho. En realidad, Mumbai es el centro del mundo para los voluntarios, todos quieren ir allí.

Pero al final todos se conocen, así que Katty sigue con su íntima conversación sin que le incomode que alguien escuche.

–Te lo pregunto porque es que a veces yo misma me sorprendo al verte. Tú no haces otra cosa. Te pasas todas las horas del día o bien aquí, ayudando a las hermanas, o bien en los *slums* conmigo. Y si te piden ayuda en cualquier proyecto, tú vas. Tú siempre estás dispuesto. Da igual si llueve, si te duele la muela o si hay que meterse hasta la boca en la cloaca más inmunda. Tú siempre quieres ayudar más.

–Eso está bien, ¿no? Es para lo que venimos aquí.

–Sí, sí. Claro que está bien. Está genial, León. Pero entiéndeme, no es normal. Tú no eres normal.

–Ya.

–No sé nada de ti. La gente me pregunta y yo no puedo decirles nada porque no sé nada de ti.

–Ya.

–No te lo tomes a mal, León. Ya sabes que yo te respeto muchísimo por como eres y todo lo que me has demostrado. Pero no es normal. Tú no hablas, no te quejas, no...

–¿Y qué quieres saber?

–Pues no sé, yo te cuento todo de mí. Te hablo de las chicas que me han gustado, de las historias que me contaba mi abuela, de cuando perdí a mis padres... No sé, tú cuéntame lo que quieras. Somos amigos, ¿no?

–Perdona, tienes razón. Creo que es la costumbre. Cuando era pequeño, estuve con muchas familias de adopción, pero siempre había problemas de adaptación y me devolvían, me cambiaban de colegio... Yo siempre tenía que andar dando explicaciones a todo el mundo y me cansé. Cuando me hice un poco mayor, me cansé de dar explicaciones y decidí callarme. Creo que ahora he hecho lo mismo. Quizás porque todo lo que hago aquí... se explica por sí solo.

–Entonces, ¿eres huérfano?

–Sí, pero tengo un tío en Goa.

–Ah, tienes familia en Goa.

–Sí, un tío... Creo.

–¿Crees? ¿No hablas con él?

–No. Vendimos su único teléfono para pagarme a mí el viaje a Mumbai.

–¿Ves lo que yo te decía? No es normal.

–Ya, sí. Supongo.

–De todos modos, por hoy me conformo con lo que me has dicho. Aunque quiero que me cuentes quién eres. Pero hoy no, por hoy ya te he engañado lo suficiente, León.

–¿A mí? ¿Por qué?

–Pues porque hoy tenemos un regalo para ti.

–¿Para mí? Pero no es mi cumpleaños.

–Sí que es tu cumpleaños. Tengo tu fotocopia del pasaporte, ¿lo recuerdas? Todo el mundo sabe que es tu cumpleaños, León. Y queremos que vengas con nosotras al patio trasero porque sabemos que allí hay algo que te va a gustar.

–¿Yo? ¿Adónde? ¿El qué?

–Ven, vamos a verlo.

Katty se aparta de la mesa. La chica austriaca ni se entera, pero es que todas las niñas del comedor se levantan inmediatamente para seguirlos y adelantarlos antes de que salgan al patio de atrás, colándose como un banco de peces bajo sus brazos. Cuando llega la directora del orfanato, una mujer italiana del norte, ya mayor, las niñas aplauden emocionadas y abren un pasillo para mostrarle a León lo que se esconde tras ellas.

–Han sido ellas las que han querido hacerlo así.

–¡¿Una moto?! ¡¿Cómo sabíais...?!

#HappyBirthday

La directora del orfanato, que lleva tatuado el nombre de un soldado norteamericano en la nalga derecha, le explica ahora todo a León, ya que las niñas no parecen poder contenerse de la ilusión.

–Todas nos dimos cuenta de que no le quitabas ojo siempre que venías. Ni siquiera sabemos si funciona, siempre ha estado parada, pero todas las niñas la han estado limpiando y le han puesto sus lazos y sus cintas para que te guste mucho. No te podrás quejar.

–No... no me puedo quejar.

Katty y la directora, que suele beber un poquito de ginebra a escondidas, se dan cuenta de que León se está emocionando.

–Pues nada, ahora te toca cumplir la promesa que les hicimos cuando limpiaban la moto: tienes que darles una vuelta a todas.

–¿A todas?

–No. Bastará con que se suban detrás y tú hagas como que conduces.

Si hubiera un dron grabando la escena, describiría un patio trasero en un día gris sin lluvia y un montón de colegialas de vestido rojo y blusa blanca arremolinándose alrededor de León y su nueva vieja moto. ¿Cómo iba él a saber que para su próximo cumpleaños le estarían esperando al otro lado del mundo?

#OldRoyalEnfined

Por desgracia, y pese a todos sus esfuerzos, incluso a los esfuerzos de los dos enfermeros polacos y de prácticamente todas las niñas del orfanato, ni León ni nadie consigue arrancar la vieja Royal Enfield oxidada... Pero entonces León decide lanzarse con ella cuesta abajo para intentar arrancarla, tal y como le enseñó Juan, aquel mecánico que le rescató de una paliza en una vida anterior.

#ElPrimerRegalo

Y... tras lanzarse cuesta abajo, tras despedirse con ruido de ruedas deshinchadas, tras alejarse sin explosión, la vieja Royal Enfield derrapa allá a lo lejos, petardea y... ¡arranca! Lanza una humareda blanca y luego negra, pero funciona. ¡Funciona! Y León vuelve engranando marchas, subiendo la cuesta, saludando a las niñas, apretando los frenos oxidados, deteniéndola con fuerza.

–¿Es para mí?

–¡Por supuesto, te la has ganado!

–¡Pero no tengo carné ni casco ni nada!

–¡No te preocupes por eso, nadie tiene eso aquí en la India! ¡Vete! ¡Corre!

–¡Muchas gracias!

–¡Vuelve mañana! ¡Tengo otra sorpresa!

Pero León no oye bien cuando sonríe, cuando acelera y se incorpora al caótico tráfico de Mumbai, colapsado en un cruce. El resto de motos tocan el claxon sin cesar y León los imita, se equivoca, vuelve a arrancar, acelera, se cuela, se ayuda con los pies, sale del cruce, se detiene en un semáforo, desciende una pendiente en curva... Hasta que por fin sale a una avenida ancha en la que puede acelerar e ir alejándose por la costa, engranando una a una las cinco marchas. Y se convierte en uno más, en otro habitante común de una ciudad superpoblada con sus autopistas de bordillos amarillos y negros donde al anochecer se sientan los intocables a ver pasar los coches y las motos y los *autorickshaws* y a León mientras comprueba que su Royal Enfield tiene luces y sigue callejeando por una ciudad que ahora sí le hace sonreír, que ahora sí siente como su hogar.

#ElSegundoRegalo

Al día siguiente, en la oficina de la ONG, que no es más que una casa de dos alturas alquilada entre un templo budista y una tienda que vende flores amarillas, todo el mundo sale a recibir a León con esa moto vieja que hace ruido, que tira humo y que las niñas llenaron de cintas de colores. Más que nada es por verlo sonreír.

–Pasa, ven, quiero hablar contigo de la segunda sorpresa.

Katty trasladó el año pasado su despacho al segundo piso, pese a que también se ha acabado convirtiendo en un trastero atestado de folletos, cajas y tuberías de PVC de cualquier medida. Tan solo una mesa limpia y un ordenador blanco indican que ese es su despacho.

–Siéntate, León. Quería explicarte algo.

–Tú dirás.

–Quiero irme, León.

–¿Cómo?

–Quiero irme al sur, León, a Kerala.

–¿Por qué?

–Por muchas cosas, pero principalmente porque Mumbai está invadida de organizaciones sin ánimo de lucro. Estoy cansada, es ridículo que lleguemos a pelearnos por un *slum*, y es eso lo que parece: que nos peleamos por ayudar antes o ayudar más que la organización que vino o la que vendrá. A ti mismo te ha pasado: acuérdate de cuando estuvimos en aquel barrio y nos impidieron entrar en las calles porque ya había otra ONG que les había prometido agua corriente. Yo no quiero eso, León. Me entiendes, ¿verdad?

–Puedo intentarlo, pero no me convences, no sé lo que quieres hacer.

–Pues lo que quiero hacer... Ahora voy y me emociono, seré estúpida... Lo que quiero hacer es alejarme de aquí, irme al sur, a las zonas rurales, recuperar el propósito de ayuda a las mujeres de los campos. Yo vine aquí por eso. A mí me llegan los fondos porque mi abuela en Dublín vende esos proyectos, son todas sus amigas vejestorios las que sufragan esto, y yo me he dejado llevar por la moda de los *slums*. Es que desde que estrenaron esa puñetera película... ¡todo el mundo quiere arreglar los *slums*! Y yo estoy harta.

–Quizás necesites unas vacaciones.

–Sí, yo también lo he pensado. Pero déjame acabar.

–OK.

–¿Recuerdas el día que vinieron los del informativo del mediodía a grabarnos instalando las tuberías?

–Sí, claro.

–Pues desde que emitieron ese reportaje, no dejan de llegarnos correos de gente de aquí que quiere colaborar con nosotros.

–¿Indios?

–Sí, todos los días, incluso vienen aquí. Seguramente los que has visto allá abajo estén por eso.

–Ya.

–OK. Pues básicamente lo que yo he pensado, León, es que tú te encargues de todo.

–No.

–¿Cómo que no? Todavía no te lo he explicado. Quiero que tú ocupes mi puesto aquí y te encargues de organizar a todos los voluntarios que nos están llegando.

–No. Yo no puedo hacer eso.

–Sí que puedes.

–No.

–No puedes pasarte la vida cavando, León. Tienes que evolucionar, tienes que enseñarles a que ellos lo hagan. De lo contrario, no estás ayudándolos, te estás agotando tú pero no los ayudas a ellos. Se trata de que aprendan a gestionarse, no de que dependan de nuestra ayuda únicamente. Algo debemos aprender de lo que hicieron mal los ingleses. Además, no puedes pasarte la vida viviendo en esa habitación asquerosa. Te mudarás aquí, al piso de arriba, y tendrás un sueldo. Yo me voy. No puedes decir que no.

–Yo no puedo hacer eso. No tengo estudios, no tengo nada que enseñar, Katty. Prefiero irme, de verdad.

–No puedes irte, León.

–Pues yo prefiero irme. Lo siento.

#LeónDesaparecido

Y se fue. Incluso se dejó la moto allí aparcada. Y ya todos pensaban que no volvería. Y Katty se lamentó profundamente por su pérdida y por no tener nada para desayunar. Porque todo iba a cambiar. Y en el orfanato, a la hora de la cena, las niñas se acercaban a su mesa y le preguntaban por León. ¿Dónde estaba? ¿Adónde se había escapado León?

Y tres días después... apareció de nuevo.

–Te quedarás un mes conmigo enseñándome todo lo que debo hacer. Tendrás contacto diario conmigo y vendrás a visitarnos cada tres meses. No quiero aparecer en ningún documento. Utiliza a Sophie o a quien quieras, pero a mí no. Si vemos que en un mes no he sabido enseñarles nada, te devolveré la moto y no volveremos a vernos. ¿OK?

–¡¿En serio?! ¡¿Te quedas?!

–Sí.

–¡Qué bien, León!

–Sí.

–Pero ¿qué has hecho? ¿Dónde has estado? Te fuiste enfadado. Te dejaste tu moto...

–He estado pensando.

–OK, entiendo.

–Y he pensado que, antes de todo esto, quiero que sepas quién soy. Ten. Es lo que he estado haciendo. Me subí a la azotea de mi edificio y estuve escribiendo esto. Perdona las faltas, en español también escribo bastante mal.

#LasTresVidasDeLeón

«Me llamo León, León Kamikaze. Y no sé quién soy. Nunca he tenido una familia ni siquiera unos amigos. Me enamoré una vez. Llevo toda mi vida huyendo de la soledad, por eso vivo en Mumbai. Hoy cumplo dieciocho años. Trabajo construyendo fosas sépticas en los *slums* y soy actor los domingos. Duermo en una habitación de hotel sin baño. Cada día recuerdo menos quién fui en mis otras vidas. Recuerdo el miedo constante a ser rechazado, y que siempre fui rechazado por todos. Me enamoré una vez.

Hoy me han ofrecido un trabajo: ser alguien que sabe hacer algo y que enseña a otros. También me han ofrecido una casa y hasta me van a pagar por ello. Yo nunca he sabido hacer nada, tan solo daño. Ahora me han regalado una moto, han celebrado mi cumpleaños y me han abrazado personas que tampoco saben quién fui, y me han ofrecido ser alguien.

No quiero saber quién fui. Pero necesito saber quién soy para decidir quién quiero ser.

Mi vida no ha sido fácil, pero creo que hay dos tipos de personas: las que viven y las que solo existen. Yo no quiero existir. Creo que la vida debe ser una actitud, que vivir no es dejar que pase el tiempo, sino esforzarse por merecerlo y utilizarlo con pasión. Creo que hay que estar loco por vivir, que hay que emocionarse con todo lo que uno hace, porque si no, el cerebro deja de funcionar y se convierte en algo que solo existe.

Yo he tenido tres vidas. En la primera, el mundo me rechazó. En la segunda, todos me odiaron. En esta tercera, solo quiero ayudar.

Vine a Mumbai huyendo de la soledad, buscando un lugar donde nadie me rechazara. Por eso trabajo sin parar, porque necesito ayudar constantemente, porque necesito sentirme útil para los demás. Para que me acepten. Ahora entiendo que, como dijo mi tío Mateo, somos animales de manada, necesitamos pertenecer a nuestra especie. Ahora entiendo que esta es mi casa, aquí me siento querido. Aquí mi vida tiene sentido.

Las personas debemos esforzarnos por ser alguien, no por parecer algo. La sociedad no puede sostenerse con unos valores individualistas. El dinero, solo el dinero, hace que uno deje de esforzarse por vivir y se dedique solamente a existir. Si todos tenemos esa actitud, el mundo no cambiará. Tenemos una responsabilidad, tenemos la obligación de mejorar el mundo, de ayudar a los demás para que el progreso avance hacia una sociedad más justa. Porque la inmensa mayoría de los habitantes de este planeta somos pobres, los ricos son una pequeña minoría, lo normal es ser pobre. Y yo voy a intentar cambiar eso. No puedo aceptar que unos seres humanos valgan más que otros. Esa es nuestra responsabilidad: entendernos no como razas ni como países, sino como la especie que somos, y luchar por la manada. Y eso es lo que quiero hacer, porque solo así he encontrado el sentido a mi vida. La felicidad viene luego.

Me llamo León, León Kamikaze. Y hoy comienza mi nueva vida: voy a ser alguien que ayude a otros».

41

#UnAñoDespués
#DepartamentoDeMatemáticas

En el Departamento de Matemáticas Avanzadas de la Universidad Politécnica, Lola pierde la mirada por la ventana mientras un elegante estadounidense negro, guapo y simpático le ha extendido todos los documentos que debe firmar sobre esa mesa blanca de reuniones. Junto a él están su profesor del instituto y el catedrático de la universidad que se dirigió al MIT para explicarles el caso de Lola. Junto a ella se encuentra un abogado de su padre y su padre, orgulloso aunque precavido. Todos esperando a que Lola firme.

–Todo es por un año, Lola.

Es el representante del Instituto Tecnológico de Massachusetts, el centro tecnológico más avanzado de Estados Unidos.

–Durante un año, esta libreta con tu algoritmo, y sobre todo tu cabeza, claro, estarán en el MIT. Todos los beneficios económicos que se obtengan con la gestión y utilización de tu algoritmo serán repartidos contigo al cincuenta por cien. Pero todo por un año, insisto. Si al finalizar ese período tú decides que no quieres seguir colaborando con el MIT, todo quedará rescindido y podrás volver a España siendo una joven muy rica.

–No quiero ser rica. Por eso no quise vender el algoritmo a especuladores de bolsa.

–Lo sé, lo sé. Por eso nos interesas en el MIT, porque tu espíritu es tan valioso como tu cabeza. Tu algoritmo permite predecir y calcular comportamientos que hasta ahora escapaban al cálculo. Lo hemos hablado mucho en todas las entrevistas. Las aplicaciones de este algoritmo son prácticamente infinitas, desde estimaciones bursátiles, como tú has dicho, hasta búsquedas por internet. Pero lo que yo te dije por teléfono es cierto: donde más posibilidades vemos en el MIT es en medicina. Creemos que tu algoritmo permitirá calcular el comportamiento de moléculas, virus e incluso células cancerígenas con una precisión que hasta ahora nadie ha conseguido. Y creo que ese es el valor que tú buscas para tu algoritmo, por eso creo que esta es la mejor decisión que puedes tomar. De lo contrario, no habría venido a buscarte desde América.

#LolaMIT

El abogado de su padre recibe una llamada y tiene que cogerla, así que sale de la sala de reuniones. Al cabo de tres minutos y veinte segundos, regresa. Lola está firmando, todos respiran aliviados, pero él tiene algo que contarle a su padre y le pide que salga un momento.

–Dime.

–Verás, me acaban de llamar del despacho. Lo he cogido porque sabía que tenía que ver contigo, era algo que estaba pendiente de confirmar y que he pedido que me resolvieran cuanto antes.

–Entiendo, ¿es sobre Lola?

–Pues... sí y no. Es sobre Lola, sí, pero también sobre tu exmujer.

–Todavía no lo es.

–Ya, ya. De hecho, tiene que ver con el juicio. ¿Tú recuerdas que hace unos meses me diste acceso a todas las cuentas y movimientos bancarios para que fuésemos calculando tanto el patrimonio como cualquier otra cosa necesaria para defenderte en el proceso de divorcio?

–Sí, claro que lo recuerdo, es lógico.

–Bien, yo ya te dije en su día que había unos movimientos que a mí particularmente, por las fechas y demás, me parecían sospechosos.

–¿Movimientos de qué?

–Movimientos de dinero hechos por tu mujer. En concreto, tres extractos de dos mil quinientos euros y una retirada en efectivo de veintiún mil euros. Concretamente, de la sucursal 0134. Todo en unos diez días aproximadamente.

–Me suena, sí.

–Bien, pues lo que han hecho en el despacho ha sido un poco labor de calle y han conseguido averiguar que los tres extractos fueron a parar a una agencia de detectives privados llamada Security Service.

–Vamos, que mi mujer contrató a un detective privado exactamente igual que hice yo.

–Sí, ahí no hay duda ni culpa porque tú hiciste lo mismo para asegurarte de que ella no tuviera otra pareja ni nada.

–De acuerdo, pero dices que hay otro pago más considerable.

–Sí, el de los veintiún mil euros. Nos ha costado muchos meses descubrir dónde ha ido a parar.

–Y ahora me lo vas a decir.

–Sí. Tuvimos suerte, la verdad, y al final conseguimos revisar cámaras de seguridad de la sucursal y el resultado ha sido esta foto. Es a él a quien tu mujer le pagó veintiún mil euros en la mismísima puerta del banco. Como ves, no fue muy discreta.

–¿Y quién es este tío?

–Pues... yo te lo puedo decir, claro está. Pero quizás lo mejor sería que tú quedaras con tu mujer para que ella te dé su versión. Sinceramente creo que, como movimiento estratégico de cara al juicio, que te sientes con ella y consigas hacerle ver que prefieres que te lo cuente ella, por mi experiencia, creo que es lo mejor.

–De acuerdo, pero dime al menos que no era un amante o algo así.

–No, no, en absoluto. Tiene más que ver con un novio que tu hija Lola tenía entonces.

En ese momento se abre la puerta y todos salen sonriendo del Departamento de Matemáticas Avanzadas de la Universidad Politécnica. Lola por fin se irá a estudiar a Estados Unidos, al prestigioso MIT, gracias a su genial algoritmo sobre el cálculo de probabilidades.

–Bien, Lola. No te molestamos más. Todavía te queda un día antes de la selectividad, ¿no?

–Sí, empieza mañana.

–¿Y te vas a casa a estudiar ahora?

–No, me voy con una amiga que me está esperando abajo.

–Ah, muy bien: relax antes de los exámenes.

–Sí. Hasta luego, Robert. Hasta luego.

–Hasta el viernes, Lola.

–Eso, hasta el viernes.

–No olvides el visado y el pasaporte.

–Sí, gracias. Hasta el viernes.

#LibertoEnInstragram
#FotosDeEsculturas

Alma está esperando a Lola abajo, paseando por el césped al perro de su padre porque él se ha ido con Liberto a hacer fotos de esculturas a una fábrica en la que Domingo, el bulldog inglés, no puede estar porque tiene alergia al polvo.

–¿Ya has firmado?

–Sí.

–¡Tía! ¡Que te vas! ¡Que no me lo puedo creer! ¡Que eres una cerebrito! ¡¿Qué voy a hacer yo sin ti, tía?!

Las dos saltan sobre la hierba mientras los demás se marchan en coches con aire acondicionado.

–De verdad, ¿de dónde sacaste a este perro? Siempre se está tirando pedos.

–Fue mi padre, tía, que se lo dio una clienta porque un cliente suyo se iba a vivir a la India y no podían quedárselo.

–Es el perro más vago del mundo.

–Ya, tía, pero a mí me quiere mucho y me deja que lo vista y se baña conmigo y todo.

–¡Qué asco!

–Mi chico, qué guapo. Venga, va, ¿dónde vamos a celebrarlo?

–¿Lo mío? Da igual, Almi. Si quieres nos vamos a estudiar a tu casa para mañana.

–Lo tuyo y lo mío. Estudiar paso, que me pongo más nerviosa. Hoy le ha dado un yuyu a Celia, a la de Humanidades, y la han tenido que sacar al pasillo.

–¿Y qué es lo tuyo?

–Ay, es verdad. Tía, ¡que ya tenemos doscientos mil seguidores en Instagram!

–¿En serio? ¡Qué pasada!

–¡Qué fuerte, tía! Que yo esté celebrando contigo que Liberto y mi padre tengan doscientos mil seguidores en Instagram... ¡Pero si yo no tengo ni mil!

–¡Qué pasada! ¿Y qué van a hacer?

–Pues mi padre dice que podemos vivir de eso, que lo que tenemos que hacer es empezar a vender las fotos de Liberto en galerías de arte, que ya le han mandado correos galeristas y gente de esa, porque es que no hay nadie que haga lo que hacen ellos y encima que tengan los seguidores que tienen. Es que es muy fuerte, tía. Ah, ¿y sabes cuál va a ser el logotipo de Liberto? ¡La cara de nuestro perro! ¿No es mono? Mira, ahora tengo conexión. Mira los seguidores... ¡Doscientos veinte mil! Y esta mañana, cuando lo hemos mirado, eran doscientos mil y pocos. ¡Qué fuerte, tía! ¡Mi padre está loco!

–Estáis locos todos, tú mira las fotos que cuelga Liberto, es que eso no se le ocurre a nadie. ¿Qué es esto? ¿Un váter lleno de pasteles de nata con guinda? Y los padres de Liberto, ¿qué tal?

–Ah, ¿no te lo dije? Los llamaron de la radio, de un programa de preguntas, y acertaron el bote y se llevaron una pasta. Así que ahora están los dos en una clínica de ricos. Ay, tía, pero mira esta. Mira, esta la subieron ayer, tú mira, tía.

–¿Qué es?

–Dímelo tú.

–Pues yo veo como un culo cubierto con galletas Oreo, ¿no?

–No es un culo cualquiera, tía. ¡Es mi culo! ¡A ciento veintitrés mil doscientas treinta y cuatro personas les gusta mi culo!

–¡Qué fuerte, Almi! Pero entonces, ¿qué me quieres decir? ¿Que estuvo Liberto ahí poniéndote galletas y no os liasteis?

–No, prohibido. Cuando hace arte, yo estoy prohibida. Si quiere algo, que venga luego y me secuestre. ¡Jajá!

–Estás tú más loca que él.

–Qué va, tía, qué va. Ahora que ya conozco más en serio a sus padres, yo flipo con que haya salido tan normal. Que a otro en su lugar se le habría ido la pinza pero bien. ¿Tú sabes que le cantaban todas las noches antes de dormir con una armónica y una cacerola? Todas las noches, tía. Por eso no había otra: o salía artista conceptual o psicópata.

–Y todavía no lo tienes claro, ¿no?

–¿Lo que ha salido? No. ¡Jajá!

–Qué bien, Almi, ¡cómo me alegro! ¿Y tu padre qué va a hacer ahora?

–Pues si es que tampoco tenía mucho donde elegir. Se va a quedar de agente de Liberto. Si, total, de detective privado nadie le llama desde el año pasado...

#VolverAndandoSolo

Mientras tanto, el padre de Lola decide que le da igual dónde lo deje su abogado, que él se vuelve andando, necesita pasear. De repente (bueno, en un año) se va a quedar sin las dos mujeres de su vida: sin Pruden y sin Lola. No quiere coger un taxi, ya ha cogido suficientes en su vida. Necesita pasear, pensar en lo que significa quedarse sin ellas, solo, sin su mujer y sin su hija.

Por inercia, por costumbre de muchos años, ha acabado en el centro, en la calle del despacho de abogados de Pruden. Quizás debería mandarle la foto por WhatsApp y decirle que está esperándola abajo para hablar, pero conoce a Pruden desde que eran unos críos y sabe que a malas ella nunca dará su brazo a torcer. Será mejor que suba y vea si tiene un momento para tomar un café.

Hay decisiones en la vida que solo te llegan si cierras los ojos, y decidir que no concibes la vida sin tu mujer es una de ellas.

#AeropuertoAdolfoSuárezMadridBarajas

Lola llega tarde al aeropuerto. No por la selectividad, eso acabó el miércoles y estamos a viernes, sino porque ha ido con Alma y su padre y Liberto a ver la primera foto de Liberto en una galería de arte, con la explicación artística por parte de Alma, por supuesto.

–¡Tía, mi culo está en un museo!

Pero llegar tarde al avión que la llevará a EE.UU. con apenas dieciocho años y la selectividad recién terminada no es lo que le preocupa a Lola, ni que su mejor amiga se quede aquí feliz sin ella, ni que su padre la haya llamado diciendo que llegará un poco justo porque se ha dejado el pasaporte y el visado en casa, ni que ese sea ya el segundo aviso por megafonía para que la pasajera Lola que lleva una maleta roja embarque, ni que el representante guapo del MIT se esté poniendo de los nervios, primero porque Lola llega tarde y ahora porque es su padre el que... No viene solo.

Lola se echa a llorar porque era eso lo que le preocupaba: su mamá ha venido. Y ella también está llorando mientras se acerca deprisa y las dos se abrazan. Pero apenas tienen tiempo ni palabras que decirse, solo se abrazan y lloran. Y entonces, por fin, la madre de Lola le susurra al oído de su niña:

–Está en Bombay.

Y Robert consigue despegarlas, llevarse a Lola al arco de seguridad, adentrarse en la zona de embarque mientras ella, de piedra, entiende el gesto que su madre le hace con la mano, en la distancia: te acabo de mandar su contacto, te quiero, mi niña, perdóname.

Lola es arrastrada por las puertas de embarque, que ya van a cerrar, mira su móvil y es cierto: su madre le ha enviado un número de teléfono.

Lola pulsa llamada.

#TeLlaman

El móvil de León tiembla sobre su mesa. León no conoce el número. Desde hace un año es el director de la ONG en Mumbai y recibe llamadas constantemente mientras intenta explicar al grupo de indios que le escuchan cómo deben construirse las arquetas de registro en superficie, tanto para saber por dónde va la línea del desagüe de aguas sucias como para saber por dónde acometer una desviación del ramal principal. Le molesta, no puede cogerlo ahora, cuelga el teléfono y sigue explicando.

Hoy el calor en Mumbai es excesivo. Tras las lluvias de invierno, la humedad sube del suelo empapado y provoca que incluso yendo en la moto por Chowpatty vaya sudando mientras pita y adelanta taxis en su vieja Royal Enfield.

León tiene prisa. Debe acudir al ayuntamiento porque hay una reunión de distritos donde los responsables de urbanismo van a contarles el futuro proyecto de depuradoras y aguas residuales para la ciudad. León ha sido requerido como el mejor conocedor del sistema de alcantarillado del *slum* del norte, el que abarca desde los lavaderos hasta las vías del tren. Es lógico, puesto que él y sus voluntarios han excavado e instalado prácticamente todo ese sistema, metro a metro. León lleva los planos dibujados por él mismo en su carcaj de arquitecto a la espalda.

Le gusta esa sensación: pertenece a Mumbai, forma parte de la ciudad, ha conseguido adaptarse a ella y ahora es una parte vital de ese organismo urbano en constante movimiento.

Le vuelven a llamar, el semáforo le obliga a parar junto al parque donde están jugando al críquet. De nuevo un número desconocido, esta vez lo coge.

–¿Sí?

–¿León?

–Sí, soy yo, ¿quién es?

–Soy Joao Pereira, de Goa.

–Ah, Joao, ¿cómo estás? Me pillas en moto yendo al ayuntamiento.

–No te molesto, no te preocupes, será rápido... Tu tío se casó.

–¡¿En serio?! ¿Por qué no me avisasteis?

–Porque fue una ceremonia civil, algo precipitada, el año pasado. Para evitar problemas.

–Ah, entiendo, algo legal.

–Exacto, pero con cariño.

–Pero se casó con Meena, ¿no?

–Sí, sí, claro, y son muy felices. Por eso te llamo: han tenido un...

–Espera, Joao, que me están pitando. ¡Te llamo yo en una hora!

Por la tarde, León acaba la reunión de equipo en la sede de la ONG, que en realidad es su casa también, en el piso de arriba. Siempre celebran dos reuniones, una a primera hora y otra al finalizar la jornada, eso es algo que le enseñó Katty: sobre todo porque los problemas deben quedarse o resolverse en el trabajo, nunca fuera. Quizás por eso les va tan bien. Quizás también porque León ha sabido rodearse de un equipo pequeño pero muy unido, eso también se lo enseñó Katty: que debía hablar con ellos, que debía abrirse, escucharlos, que entendieran que formaban parte de un equipo que los cuida. Y dejarles claro todas las mañanas cuál es el objetivo a corto, medio y largo plazo. Nunca mentir, nunca vender humo, nunca prometer. León es un buen líder, siempre es el primero en llegar y el último en irse. Es humilde y reflexivo. Quizás siempre lo fue, aunque él aún no lo sabía. Ahora tiene otro Outlook, otro Instagram con fotos de Mumbai, otro Facebook para la ONG, otro WhatsApp con contactos de todo el mundo.

–¿Estás bien?

Es Sophie, la única compañera que queda del antiguo equipo de Katty. Ella se sigue encargando de todas las tareas administrativas y a veces sustituye a León cuando él está en la universidad en las clases de Arquitectura.

–Sí, no. Es que me ha llamado un viejo amigo de mi tío y me ha dejado un poco fuera de combate.

–¿Puedo preguntar por qué?

–Sí, claro. Te invito a tomar algo en el Leopold Cafe y te cuento.

#León&Sophie&Alan

Hay cosas en Mumbai que no pueden cambiar, a las que el tiempo no puede afectar. Monumentos, edificios, viejos hoteles, parques, tejados que siempre han sido así, desde la época de los colonos ingleses... El tiempo solo los cubre con una pátina de contaminación indeleble. El Leopold Cafe está así, detenido en el tiempo.

Alan, el camarero, saluda a León con la mano en cuanto lo ve entrar. Se conocen de los primeros tiempos, cuando León vivía en un hotel inmundo e iba al café a beber agua y ver la televisión.

–Te llamó tu tío y te dejó un mensaje. Dijo que había sido padre.

–Gracias, Alan. Ya me avisaron, precisamente venía a contárselo a Sophie.

–Ah, pues cuéntaselo aquí en la barra. A cambio, yo invito. Tus historias siempre son interesantes.

–Está bien, a mí ponme una tónica. ¿Y tú, Sophie?

–Una KingFisher.

–OK. Aquí tenéis.

–Bien, ¿por dónde iba? Ah, eso. Que me llamó Joao, el único amigo que tenemos en Goa, y me dijo que mi tío había tenido suerte, que la familia de su mujer los había denunciado, pero que al final habían llegado a un acuerdo: si mi tío se casaba con Meena, ellos se quedaban con la granja.

–¿Tu tío y Meena?

–No, no, los hermanos del primer marido de Meena.

–Ah.

–Pero el caso es que firmaron un documento previo en el que vendían por mil rupias, por nada, la barca de remos vieja y la parte de la granja que da al mar, que en realidad era un terreno sin cultivar con una senda por la que yo me iba a la playa.

–¿Y tu tío aceptó?

–Sí. Primero porque, al ser Meena viuda, todas las leyes dicen que la granja pertenecía a la familia de su difunto marido. Y segundo, porque ellos pensaban que mi tío era rico y que Meena sí que iría a juicio y que, al haber un contrato de alquiler con un extranjero, pues el juicio se alargaría mucho.

–Sí, pero así tu tío y Meena perdían la granja.

–Sí, perdían la granja, pero lo que ellos tampoco sabían, que era secreto pero que Joao sí lo sabía, es que una compañía norteamericana quería construir un *resort* en toda la franja de playa y que los terrenos que mi tío y Meena se podían quedar valían millones de rupias.

–Entiendo.

–¿Y les salió bien?

–Pues parece ser que sí. Por lo que Joao me ha dicho, se casaron, vendieron su parte de la granja al *resort* y, con el dinero, compraron otros terrenos y una de esas mansiones coloniales de Goa donde él y yo dormimos una noche y ahora mi tío se dedica a cultivar orquídeas. Sí, sí, le ha salido tan bien que han tenido un hijo y me han llamado para invitarme a la ceremonia de bautismo.

–¿Cristiano?

–No. Por lo que me han dicho, creo que hindú.

–¿Y vas a ir?

–Sí, sí, claro. Discutí con mi tío cuando me vine aquí a Mumbai, pero creo que ya va siendo el momento de que le pida disculpas.

–¡Y de que conozcas a tu sobrino!

–Un pequeño León, sí.

–Eso, ¿cómo se llamará?

–Pues la verdad es que no me lo han dicho. Me ha pillado todo un poco como por sorpresa. No sé. Tengo una sensación muy rara, como... no sé.

#TodavíaPiensoEnTi

León es tacaño, pero el tiempo también es dinero y no puede permitirse perder dieciocho horas en un viaje en tren de Mumbai a Goa. Por eso ha cogido un avión y se dedica a pensar mientras mira por la ventanilla. Su vida ha cambiado desde la última vez que vio a su tío. Entonces no tenía ni idea de nada, casi ni de hablar inglés. No podía imaginar ni por asomo todo lo que le iba a suceder, las vueltas que da la vida, todas las cosas extraordinarias que le habían pasado. Pero el miedo que tenía entonces, la angustia, las ganas de llorar, los miles de veces que pronunció el nombre de Lola... ¿Qué habrá sido de ella? ¿Se acordará de él todavía? ¿Tendrá novio? ¿Se habrá cortado el pelo? ¿Se acordará de mí todavía? ¿Todavía piensas en mí?

#PorFinEnCasa

Aterrizaje en el pequeño aeropuerto de Goa. Siguen con la costumbre de quedarse todos los mecheros y meterlos en un bidón. Allí está Joao, le saluda.

Joao está más gordo y sonriente. Se abrazan.

–¿Estás preparado para las sorpresas?

–¿Qué sorpresas, Joao?

–Muchas sorpresas. Ahora eres alguien importante.

–¿Quién, yo?

–Claro que sí, me he informado. Saliste en la televisión, todos lo vimos.

–Ah, ya.

–¿Subes?

–¿Todavía no has cambiado de coche, Joao?

–Este funciona. ¿Por qué voy a cambiar? A mí me han dicho que tú tienes una moto vieja.

–¿Cómo te enteras de esas cosas?

–Tienes una secretaria muy simpática.

–¿Sophie? No es mi secretaria. Pero ya me imagino...

–¿Sophie? No, no, no. Conmigo habló Katty.

–Ah, ¿para qué?

–Nada, cosas nuestras. ¿Y qué, León, tú no tienes novia? ¿No hay nadie en Mumbai para ti?

–No, la verdad es que no tengo tiempo, Joao. Además, yo soy un bicho raro.

–Qué va, eso no son excusas. Tu tío sí que es un bicho raro, y mira: se casó y ha tenido un hijo. Tú eres joven, eres guapo, todas las mujeres deben suspirar por ti.

León disfruta del viaje en el viejo Mercedes. Goa está preciosa tras las lluvias de invierno. Vuelven los extranjeros con sus bañadores y sus motos alquiladas entre arrozales y palmeras, vuelven los niños a vender gasolina en botellas de agua por los cruces de caminos, vuelven a abrir los hoteles de lujo de las playas y vuelven los pescadores a salir de nuevo en sus barcas a pescar para ellos. Goa es turística y los turistas traen la alegría, incluso hay una música para transmitir esa alegría por una carretera de curvas que bordea el mar durante veinte minutos en los que León recuerda el olor del aire fresco.

Joao ha puesto el intermitente. Se mete por un camino abierto entre la maleza, doscientos metros de plantas rozando el coche sin dejarles ver más allá del camino. Salen a una explanada en la que todo es nuevo. Una casa de madera blanca con cristales y ventanas limpias frente a un magnolio que León reconoce pero duda. A la derecha, un invernadero recién pintado y repleto de flores, flores que rodean e inundan toda la explanada verde, junto a la casa. Un brahmán ha encendido una hoguera y prepara el ritual de bautismo con flores, cestas de frutas y demás regalos que varias mujeres se afanan en preparar, mientras Mateo y Meena salen ante los pitidos del coche de Joao. Meena está radiante, lleva un vestido azul y amarillo nuevo, incluso parece más alta, más joven, más guapa. León recuerda su puntito rojo en la frente cuando se acercan y su tío, loco como siempre, se abalanza sobre él y lo abraza. Meena se inclina para saludarlo y León le devuelve el saludo.

Todos están felices.

Y una vez que Mateo deja de abrazarlo, Meena le ofrece el bebé a León. No se parece en nada a su tío, es clavado a su madre, solo le falta el punto rojo para ser igual.

–Se parece a ti, tío.

–A que sí, es mi vivo retrato, todo el mundo lo dice.

–¿Y cómo se llamará?

–Díselo tú, Meena.

Con su voz de mujer hindú, ella pronuncia lentamente:

–León.

Y todos observan la reacción y se sienten felices cuando ven que las lágrimas le hacen brillar los ojos. Entonces su tío lo coge por los hombros.

–Si tú no hubieras aparecido en mi vida, nada de esto existiría, León. Te debo mi felicidad, nosotros tres te debemos nuestra felicidad. No habría nombre en el mundo que nos hiciese más felices para nuestro hijo. Muchas gracias por todo. De verdad.

León se deja abrazar para tragarse las lágrimas.

–¡Ahora sí! Adelante, ya puede empezar la ceremonia. ¡Que empiecen! Ay, si no me entienden. Bueno, en fin... Me alegra mucho que hayas venido, León.

En ese momento, un coche pita. Meena le hace un gesto a Mateo, que mira a su sobrino y le sonríe. León se gira y ve que de un taxi blanco baja una chica.

Es Katty, que no quería perderse eso por nada del mundo.

León se calma, por un momento pensó que... La otra puerta se abre, baja otra chica.

Y León se lanza a correr como un loco porque es Lola.

¡Es Lola!

Se encuentran, se abrazan, se caen rodando al suelo.

–¿Qué haces aquí? ¿Cómo me has encontrado?

–Te seguí el rastro.

#Fin

ÁLVARO GARCÍA HERNÁNDEZ

Álvaro García Hernández nació en Valencia en 1976. Desde su infancia ha estado ligado al mundo de las letras, y es profesor de educación secundaria y autor de varias novelas dirigidas al público adolescente.

También es conocido por su blog Diario de un Dios Equivocado, que puso en marcha en 2007 con el objetivo de conectar con los lectores mediante relatos cortos.

Fuera del ámbito literario, Álvaro se considera un hombre sencillo entregado en cuerpo y alma a su familia. Colabora habitualmente con FEDER (Federación Española de Enfermedades Raras).